写真で歩く
奥の細道

oku no hosomichi

久富哲雄
Hisatomi Tetsuo

三省堂

凡例

一、本書は、読書を「作品との対話」とする考え方に基づき、『おくのほそ道』と読者との対話に必要不可欠なテキストの提供をめざすもので、そのために次のような工夫をほどこした。

1．昭和期から平成期にかけて久富哲雄の写した『おくのほそ道』の写真百余点を要所に掲載した。

2．芭蕉があこがれた土地を、歴史的に支える古歌の中から九十七首選定し、参考和歌として掲出した。その際、漢字・仮名を適宜補い、「読み人知らず」を含む作者未詳歌については「不知」と表記した。なお、典拠については、芭蕉が実際に手にした書物を必ずしも意味しない。

3．脚注に示す語釈・句解などは、主として久富哲雄著『おくのほそ道 全訳注』（講談社学術文庫）および『奥の細道の旅ハンドブック』（三省堂）に基づいたが、現在の研究情況や町村合併という事情を踏まえて、変更した箇所もある。なお、語釈に頻出する歌枕の多くは、江戸時代に特定された土地である。

4．判読の指針として、目次に続けて「『おくのほそ道』足跡全図」を掲げ、巻末に解説と人名・地名索引を付した。

一、本書の底本には素龍清書本（西村本）を用い、その意図を正確に伝えるために、次のような校訂をほどこした。

1．地名によって章段名を付し、各章段の中にも適宜段落を設けた。

2．句読点・濁点・振り仮名を補い、会話・引用等には括弧「」を施すようにつとめた。

3．『おくのほそ道』諸本や通行の規則を参考にして、用言の活用語尾などを補い、その文字の右側に黒丸・を付した。

4．表記は底本に忠実であるよう心がけたが、手書き文字ゆえに、そのまま活字に置き換えることが不可能と判断したものについては現行の字体に改めた。

5．片仮名・変体仮名は平仮名に統一し、誤記と考えられている箇所は訂正した。

一、本書は作品自体に向き合うことを意図したもので、引用書の詳細にはふれず、研究史の吟味も省略した。よって、参考文献の詳細を求める場合は『日本古典文学大辞典』（岩波書店）『俳文学大辞典』（角川書店）などを参照し　諸説の整理を必要とする場合は『「おくのほそ道」解釈事典―諸説一覧』（東京堂出版）『おくのほそ道大全』（笠間書院）などによられたい。

一、久富哲雄が撮影した写真は厖大な数に上り、写真の整理・選定には、山田喜美子氏のご尽力を仰いだ。明記して深謝する。

（谷地快一）

目次

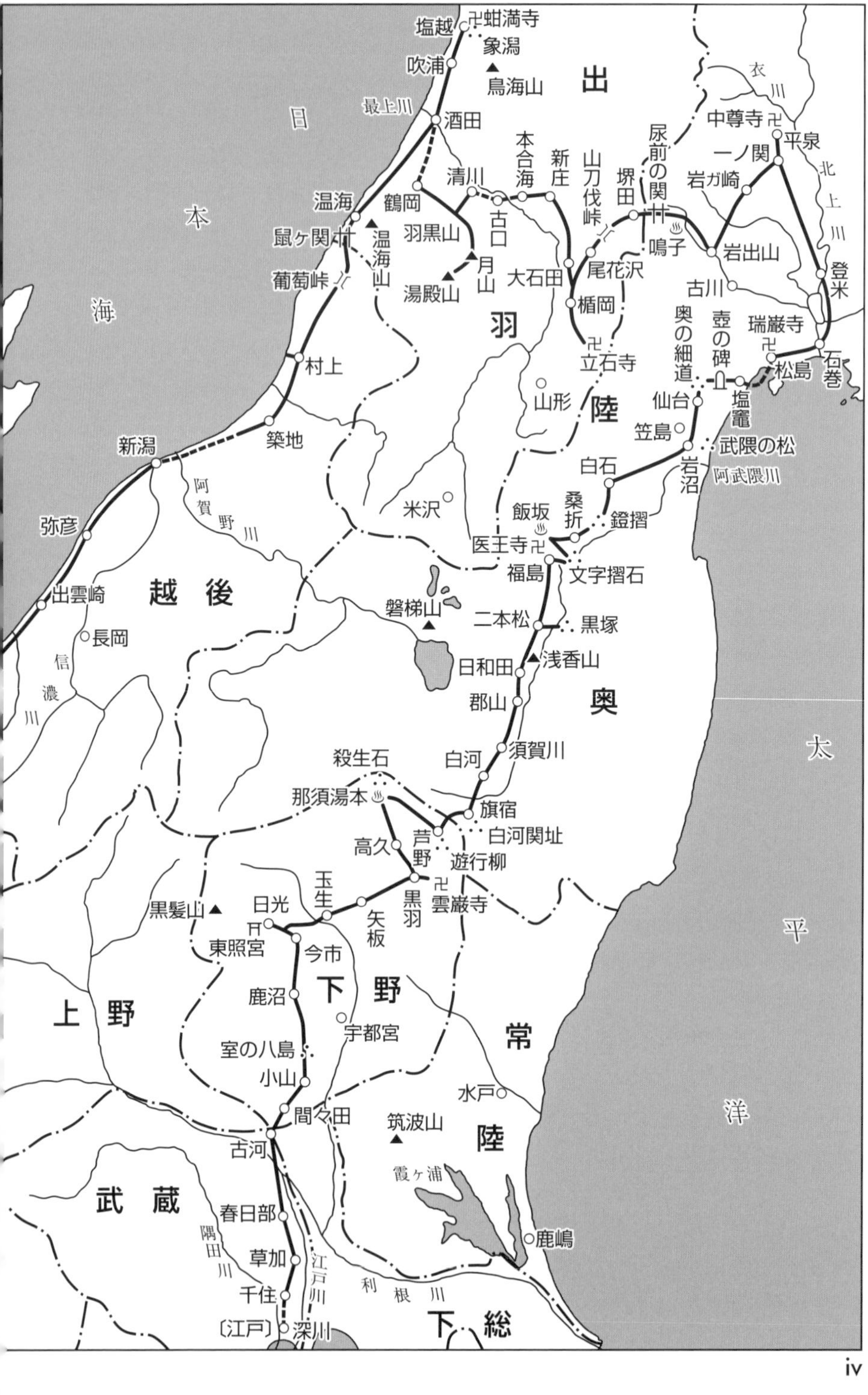
出羽
陸奥
越後
下野
上野
常陸
武蔵
下総
日本海
太平洋
蚶満寺
塩越
象潟
吹浦
鳥海山
最上川
酒田
衣川
中尊寺
平泉
一ノ関
北上川
岩ガ崎
尿前の関
本合海
新庄
山刀伐峠
堺田
清川
鶴岡
古口
温海
鼠ヶ関
温海山
羽黒山
月山
湯殿山
葡萄峠
鳴子
岩出山
尾花沢
大石田
楯岡
古川
登米
瑞巌寺
奥の細道
壺の碑
立石寺
石巻
松島
山形
仙台
塩竈
村上
築地
新潟
笠島
武隈の松
白石
岩沼
阿武隈川
阿賀野川
米沢
飯坂
桑折
鐙摺
医王寺
福島
文字摺石
弥彦
出雲崎
長岡
磐梯山
二本松
黒塚
浅香山
日和田
信濃川
郡山
須賀川
白河
殺生石
那須湯本
旗宿
白河関址
高久
芦野
遊行柳
玉生
黒羽
雲巌寺
黒髪山
日光
矢板
東照宮
今市
鹿沼
宇都宮
室の八島
小山
水戸
間々田
筑波山
古河
霞ヶ浦
春日部
鹿嶋
隅田川
草加
江戸川
利根川
千住
〔江戸〕
深川

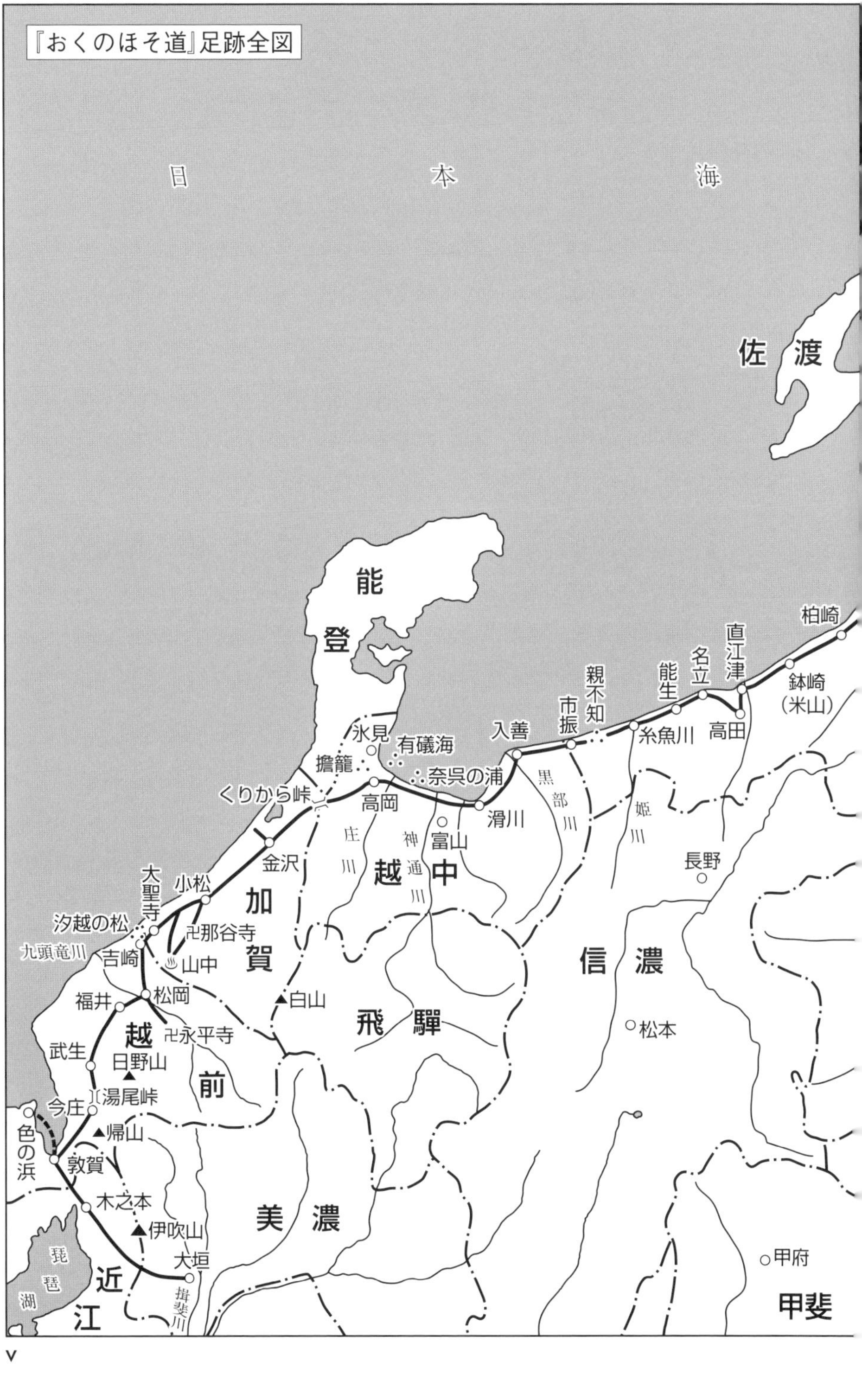
『おくのほそ道』足跡全図
日本海
佐渡
能登
柏崎
直江津
名立
能生
親不知
市振
入善
鉢崎（米山）
高田
糸魚川
氷見
有礒海
擔籠
奈呉の浦
くりから峠
高岡
滑川
黒部川
姫川
庄川
神通川
富山
長野
金沢
越中
大聖寺
小松
加賀
汐越の松
那谷寺
九頭竜川
吉崎
山中
信濃
白山
福井
松岡
飛驒
越前
永平寺
松本
武生
日野山
今庄
湯尾峠
色の浜
帰山
敦賀
木之本
伊吹山
美濃
琵琶湖
近江
大垣
揖斐川
甲府
甲斐

装幀・菊地信義

カバー／扉絵・森川許六筆「奥の細道行脚之図」

（天理大学附属天理図書館蔵）

おくのほそ道

一　深川出庵《ふかがわしゆつあん》

[一]月日《つきひ》は百代《はくたい》の過客《くわかく》にして、[二]行《ゆ》きかふ年も又旅人也《またたびびとなり》。舟の上に生涯《しやうがい》をうかべ、馬の口とらえて老いをむかふる物は、日々《ひび》旅にして旅を栖《すみか》とす。

[三]古人《こじん》も多く旅に死せるあり。予《よ》もいづれの年よりか、片雲《へんうん》の風《かぜ》にさそはれて、漂泊《へうはく》の思ひやまず、海濱《かいひん》に[四]さすらへ、去年《こぞ》の秋[五]江上《かうしやう》の破屋《はをく》に蜘《くも》の古巣《ふるす》をはらひて、やゝ年も暮れ、春立てる霞の空に[六]白河《しらかは》の関《せき》こえんと、そゞろ神《がみ》の物につきて心をくるはせ、道祖神《だうそじん》のまねきにあひて取るもの手につかず、もゝ引《ひき》の破れをつゞり、笠《かさ》の緒《を》付けかえて、[七]三里《さんり》に灸すゆるより、[八]松嶋《まつしま》の月先《ま》づ心にかゝ

一　深川出庵

一　月日は百代の過客にして　月と太陽は永遠の旅人であり、の意。李白「春夜《ニ》宴《スルノ》二桃李園《ニ》一序」の「夫《そレ》天地《ハ》万物《ノ》逆旅《げきりよナリ》、光陰《ハ》百代《ノ》過客《ナリ》」を踏まえる。

二　行きかふ年　行く年と来る年。大晦日を境にすれちがう去年と今年。季節が入れ替わることで時間が生まれるという擬人化された概念は、「夏と秋と行きかふ空の通ひ路はかたへ涼しき風や吹くらむ」（凡河内躬恒《おおしこうちのみつね》・古今集・夏）以降に顕著。以下「舟の上に生涯をうかべ」る船頭や、「馬の口とらえて老いをむかふる」馬子も「月」「日」同様に、「行きかふ」旅人の一方として説かれる。

三　古人　敬慕する昔の人。『おくのほそ道』に引用される歌僧の能因や西行など。

四　さすらへ　曽良《そら》本は「さすらへて」。

五　江上の破屋　隅田川（歌枕）のほとりのあばら家、の意。芭蕉庵は小名木《おなぎ》川が隅田川に流れ込む付近（東京都江東区常盤）にあった。

六　白河の関　福島県白河市。奥羽への関門であった関所。古来著名な歌枕で、この旅第一の目的地。

りて、住める方は人に譲《ゆづ》り[九]、杉風《さんぷう》[一〇]が別墅《べつしよ》[一一]に移るに、

草の戸も住《すみ》替《かは》る代ぞひなの家[一二]

面八句《おもてはちく》[一三]を庵《あん》の柱に懸《かけ》置く。

芭蕉庵（『江戸名所図会』巻七）

七 **三里**　灸をすえる場所（灸点）の名称。膝頭の下の外側のくぼみ。

八 **松嶋**　宮城県宮城郡松島町。奥羽一番の景勝地で歌枕。象潟《きさかた》と並ぶこの旅最大の目的地。

九 **譲り**　曽良本は「譲りて」。

一〇 **杉風**　杉山市兵衛。鯉《こい》屋という魚問屋で、芭蕉の経済的後援者。芭蕉最古参の弟子で、杉風は俳号。

一一 **別墅**　別宅。深川の「六間堀《ろつけんぼり》西側」とも「元木場平野町北角」ともいう。

一二 **「草の戸も」句解**　人生は「行きかふ」ことに外ならないという思想を、世捨て人のような自分と対照的な妻帯者をもって描いた句。「草の戸」は草庵。「住替る」は「行きかふ」の言い換え。季語は「ひな」、すなわち女児の息災を祈る雛祭（桃の節句）で春。

一三 **面八句**　連句の初めの頁に書く八句。草庵出立に際し儀式として詠まれた独吟。連句については巻末の「解説」を参照。

二　千住《せんじゆ》

[一]弥生《やよひ》も末の七日、[二]明《あけ》ぼのゝ空朧々《ろうろう》として、[三]月は在明《ありあけ》にて光おさまれる物《もの》から、不二《ふじ》の峰幽《かすか》にみえて、[四]上野《うへの》・谷《や》中《なか》の花の梢《こずゑ》、[五]又《また》いつかはと心ぼそし。むつましきかぎりは宵《よひ》よりつどひて、舟に乗りて送る。[六]千《せん》じゆと云《い》ふ所にて船をあがれば、[七]前途《せんど》三千里のおもひ胸にふさがりて、幻《まぼろし》のちまたに離別《りべつ》の泪《なみだ》をそゝぐ。

　[八]行春《ゆくはる》や鳥啼《な》き魚《うを》の目は泪《なみだ》

是《これ》を[九]矢立《やたて》の初めとして、行く道なをすゝまず。人々《ひとびと》は途《みち》中《なか》に立ちならびて、後《うしろ》かげのみゆる迄《まで》はと見送るなるべし。

二　千住

一　弥生も末の七日　「弥生」は三月（晩春）、つまり陰暦三月二十七日、の意。

二　明ぼのゝ空朧々として　木下長嘯子《ちょうしょうし》『挙白集』に「ろう〳〵と霞みわたれる山の遠近《をちこち》、心もあくがれ出て（略）明ぼのゝ空はいたく霞みて、有明の月すこし残れるほど、いと艶なるに」（山家記）とある。

三　月は在明にて〜不二の峰幽にみえて　「月は有明にて、光をさまれるものから、影さやかに見えて、なかなかをかしき曙《あけぼの》なり」（源氏物語・帚木《ははきぎ》）による。

四　上野・谷中　東京都台東区。当時すでに桜の名所。

五　又いつかはと　「かしこまる四手《しで》に涙のかかるかな又いつかはと思ふあはれに」（西行・山家集）による。

六　千じゆ　東京都足立区千住。隅田川沿いにあって、奥州街道・日光街道第一の宿駅。

七　三千里のおもひ　漢詩文に多用され、旅路がはるかに遠いという感慨。「まことに三千里の外↩

三　草加《そうか》

ことし元禄二《げんろくふた》とせ[一]にや、[二]奥羽《あうう》長途《ちやうど》の行脚《あんぎや》只《ただ》[三]かりそめに思ひたちて、[四]呉天《ごてん》に白髪《はくはつ》の恨《うら》みを重ぬといへ共《ども》、[五]耳にふれていまだめに見ぬさかひ、若《も》し生きて帰らばと、[六]定めなき頼みの末をかけ、其《そ》の日漸《やうやう》[七]早加《さうか》と云《い》ふ宿《しゆく》に[八]たどり着きにけり。瘦骨《そうこつ》の肩にかゝれる物、先《ま》づくるしむ。只《ただ》身すがらにと出立《いでた》ち侍《はべ》るを、[九]帋子《かみこ》一衣《いちえ》は夜の防ぎ、ゆかた・雨具《あまぐ》・墨筆《すみふで》のたぐひ、[一〇]あるはさりがたき餞《はなむけ》などしたた

の心地するに」（源氏物語・須磨）、「李陵が胡に入りし三千里の道の思ひ」（東関紀行）とある。

八「行春や」句解　見送る人々との惜別の情を、惜春の情に重ねて詠んだ句。「鳥」「魚」を春の→景物として用いる。終章「大垣」の「蛤のふたみにわかれ行秋ぞ」と呼応させて、全篇の構造に、終わりなき「行きかふ」旅という演出を施している。

九 矢立の初め　旅日記の書き始め、の意。「矢立」は筆入れと墨壺が一体になった携帯用筆記具。

三　草加

一 にや　「にやあらん」を省略。詠嘆と推量とが入りまじる。

二 奥羽長途の行脚　「奥羽」は陸奥国《むつのくに》と出羽国《でわのくに》。今の福島・宮城・岩手・青森・秋田・山形の東北六県。

三 かりそめに思ひたちて　気まぐれに思いついて、の意。「我いまだ東国を見ず候ほどに、このたび思ひ立ち、陸奥《みちのく》の果てまでも修行せばやと思ひ候」（錦木）をはじめ、謡曲に同様の言いまわしが多い。

四 呉天に白髪の恨みを重ぬ　「呉天」は呉国（揚子江の南の地）の空、つまり長安や洛陽から見て遠い異郷の地、の意。李洞「送ル㆔三蔵ノ帰ルヲ㆓西域ニ㆒」に「五天ニ到ラン日応《まさ》ニ㆓頭白カル㆒ベシ」（三体詩）、「閩僧《びんそう》可士送ル㆑僧ヲ詩」に「笠ハ重シ呉天ノ雪」（詩人玉屑・禅林句集）

るは、さすがに打捨《うちす》てがたくて、路次《ろし》[一一]の煩《わづら》ひとなれるこそわりなけれ。

旧日光街道の松並木

芭蕉像(草加・札場河岸公園)

などを踏まえる。

五 **耳にふれていまだめに見ぬさかひ**　和歌で覚えてはいるが、実際には行ってみたことのない名所、の意。

六 **定めなき頼みの末をかけ**　あてにならない将来に期待を寄せて、の意。「頼みをかく」と「末を頼む」がいりまじる表現。曽良本は「末をかけて」。

七 **早加といふ宿**　正しくは「草加」。埼玉県草加市。日光街道・奥州街道第二の宿駅。

八 **たどり着きにけり**　「よそに霞みし島かげや、淡路潟にも着きにけり〱」（淡路）ほか、謡曲の着《つき》ぜりふに似る。

九 **帋子**　紙製の防寒着。厚い和紙に柿の渋を数回塗り、もみやわらげて作る。

一〇 **さりがたき餞**　なかなか拒めない餞別、の意。

一一 **路次**　曽良本は「路頭」。

四　室《むろ》の八島《やしま》

[一]室《むろ》の八嶋《やしま》に詣《けい》す。同行《どうぎやう》[二]曽良《そら》[三]が曰《いは》く、「此《こ》の神は木《こ》[四]の花《はな》さくや姫《びめ》の神と申《まを》して、富士《ふじ》[五]一躰《いつたい》也。無戸《うつ》室《むろ》に入りて焼き給《たま》ふちかひのみ中《なか》に、火〻出見《ほほでみ》のみこと生れ給ひしより、室の八嶋と申す。又《また》[六]煙を読み習はし侍《はべ》るもこの謂也《いはれなり》。将《はた》[七]このしろといふ魚《うを》を禁ず。縁記《えんぎ》の旨《むね》、世に傳《つた》ふ事《こと》も侍《はべ》りし。」

いかでかは思ひありとも知らすべき室の八島の煙ならでは（藤原実方・詞花集・恋上）

煙かと室の八島を見しほどにやがても空のかすみぬるかな（源俊頼・千載集・春上）

五月雨《さみだれ》に室の八島を見わたせば煙は波の上よりぞ立つ（源行頼・千載集・夏）

四　室の八島

一　室の八嶋　栃木市惣社《そうじや》町。当時、下野国都賀《しもつけのくにつが》郡惣社村の大神《おおみわ》神社。室の八島明神。歌枕の意味を解説し、曽良を登場させる章段になっている。

二　同行　行脚の道連れ。心を同じくして仏道修行する者。

三　曽良　岩波庄右衛門正字《まさたか》。信濃国諏訪《しなののくにすわ》郡上諏訪（長野県諏訪市）の人。通称河合惣五郎。曽良は俳号。伊勢国長島藩に仕えたのち、江戸に出て神道を学ぶ。芭蕉に入門後は貞享四年（一六八七）の『鹿島詣《かしまもうで》』に随行。元禄二年（一六八九）の『おくのほそ道』の旅では事前に奥羽の神社や歌枕を調査し、旅中には『曽良旅日記』と呼ばれる丹念な記録を残した。

四　木の花さくや姫の神　大山祇神《おおやまつみのかみ》の女《むすめ》。瓊瓊杵《ににぎの》尊《みこと》の后《きさき》になったが、一夜の契りで懐妊したことを夫に疑われ、身の潔白を証明するために、もし尊の御子でなければ焼け失せるだろうと誓って無戸《うつ》室《むろ》に入り、火をつける。その猛火に包まれて、無事に彦火火出見尊《ひこほほでみのみこと》（神武天皇の祖父）を産んだという。（古事記・日本書紀）

（上）室の八島（大神《おおみわ》神社）、（下）大神神社境内の池

五　日光山《にっこうざん》

五　富士一躰也　祭神は富士山の浅間《せんげん》神社と同じです、の意。

六　煙を読み習はし侍るもこの謂也　煙にちなんだ和歌を詠む習慣になっているのも、こうした理由による、の意。

七　このしろ　人を火葬にした臭いが立つという魚。鮨材料のコハダやツナシと同じ近海魚で、体長二十五センチ前後のものをいう。この魚を焼いて子どもが死んだと欺き、わが子の危急を救ったという「子《こ》の代《しろ》」伝説もある。（歌林名所考）

五　日光山

一　日光山の梺　栃木県日光市鉢石《はついし》町。「日光の入り口の町を初石といふ。旅人は爰《ここ》に宿す」（日光卅日《みそか》、[一]日光山《にっくわうざん》の梺《ふもと》に泊《とま》る。あるじの云《い》ひけるやう、「我《わ》が名を佛五左衛門《ほとけござゑもん》と云《い》ふ。万《よろづ》正直《しやうぢき》を旨《むね》とする故《ゆゑ》に、人かくは申し侍るまゝ、一夜《いちや》の草の枕も打解《うちと》けて休み給へ」と云ふ。いかなる仏《ほとけ》の[二]濁世塵土《ぢよくせぢんど》に[三]示現《じげん》して、かゝる桑門《さうもん》の[四]乞食順礼《こつじきじゆんれい》ごときの人をたすけ給ふにやと、あるじのなす事《こと》に心をとゞめてみるに、[五]唯無智無分別《ただむちむふんべつ》にして、[六]正直偏固《へんこ》の者也《ものなり》。[七]剛毅木訥《がうきぼくとつ》の仁《じん》に近きたぐひ、気稟《きひん》の清質《せい》尤《しつもつと》も尊《たふと》ぶべし。

[八]卯月朔日《うづきついたち》、[九]御山《おやま》に詣拝す。往昔《そのかみ》此の御山を二荒山《にくわうさん》と書きしを、空海大師開基《かいき》の時、[一〇]日光と改め給ふ。千歳未来《せんざいみらい》をさとり給ふにや。今此《こ》の[一一]御光《みひかり》一天にかゝやきて、恩沢《おんだく》八荒《はつくわう》にあふれ、四民安堵《あんど》の栖《すみか》穏やかなり。猶憚《なほはばか》り多く

名勝記）

二 **濁世塵土**　汚れたこの世。現世。千住の章の「幻のちまた」に同じ。

三 **示現**　仏菩薩がこの世に生きる者を救うために姿を現すこと。

四 **乞食順礼ごときの人**　「乞食」は食を乞い歩くこと、「順礼」は神仏の霊場を巡礼することで、本来は僧侶の修行。芭蕉は出家していないので、「ごときの人」と卑下している。

五 **無智無分別**　「無智」「無分別」ともに、世俗的な利害得失にかかわらないことで、仏道にもとづく境地。

六 **正直偏固**　正直一点張りであること。正直は神仏の教えにもとづく道徳。仏五左衛門への賛辞。

七 **剛毅木訥の仁に近き**　「剛毅」は意志の強いこと、「木訥」はありのままで飾りけのないこと。『論語』子路第十三の「剛毅木訥、近シレ仁ニ」による。

八 **卯月朔日**　陰暦四月一日。この日から夏季。

九 **御山**　日光山。徳川家康を祭る東照宮がある。

一〇 **日光と改め給ふ**　「（空海）到リテ二彼《か》ノ崛穴《くつけつ》ニ一辟除《へきじよ》結界シテ改メテ名ヅクト二日光一ト」（滝尾草創建立記）、「二荒《ニクハウ》

日光街道杉並木

日光神橋

日光東照宮

て筆をさし置き・ぬ。

二二 あらたうと青葉若葉の日の光

二三 黒髪山《くろかみやま》は霞《かすみ》かゝりて、雪いまだ白し。

二四 剃《そり》捨《す》て・て黒髪山に衣更《ころもがへ》

曽《そ》良《ら》

山《サン》を空海《クウカイ》登山、是より称《ス》二日光山《ト》一」（日本賀濃子）とある。

一一 此の御光一天にかゝやきて 「恩沢八荒にあふれ」との対句的表現。輝かしい神仏の恵みが、国のすみずみにゆきわたる様子。

一二 「あらたうと」句解 日の光降り注ぐ荘厳な自然美を目の当たりにして、日光という土地を称

曽良は河合氏《かはひうぢ》にして、惣五郎《そうごろう》と云へり。[一五]芭蕉の下葉《したば》に軒をならべて、予《よ》が[一六]薪水《しんすゐ》の労をたすく。このたび松しま・[一七]象潟《きさがた》の眺め共《とも》にせん事《こと》を悦《よろこ》び、且《かつ》は羇旅《きりよ》の難をいたはらんと、旅立つ暁《あかつき》髪を剃りて墨染《すみぞめ》にさまをかえ、惣《そう》五《ご》を改めて宗悟《そうご》とす。仍《よ》つて黒髪山の句有り。「衣更《ころもがへ》」の二字、力ありてきこゆ。

[一八]廿餘丁《にじふよちやう》山を登つて瀧《たき》有り。[一九]岩洞《がんとう》の頂《いただき》より飛流《ひりう》して百《はく》尺《せき》、千岩《せんがん》の碧潭《へきたん》に落ちたり。岩窟《がんくつ》に身をひそめ入りて滝の裏よりみれば、[二〇]うらみの瀧と申傳《まをしつた》え侍る也。

[二一]暫時《しばらく》は瀧に籠《こも》るや夏《げ》の初《はじめ》

ぬばたまの黒髪山を朝越えて山下露に濡れにけるかも（不知・万葉集）

身の上にかからむことぞ遠からぬ黒髪山にふれる白雪（源頼政・頼

えつつ、仏道に対する敬虔な気持ちを詠んだ句。当時「青葉」に季はなく、季語は「若葉」で夏。

一三 黒髪山 日光山の主峰男体山《なんたいさん》の別名。歌枕。

一四 「剃捨てて」句解 俗衣から墨染の僧衣に変わった曽良の境涯を、衣更のしきたりに重ねて詠んだ句。季語の「衣更」は「更衣」とも書き、夏の初日である四月一日に綿入れから袷《あわせ》に着替えることだが、ここは出家の意を掛ける。本文の「卯月朔日」をうけ、「旅立つ暁髪を剃りて」と呼応し、「黒髪山」には「剃捨て」た黒髪の意を掛ける。

一五 芭蕉の下葉 深川の草庵に植えられた芭蕉の下側の葉、の意。曽良が近隣に住んでくれたことをいう。

一六 薪水の労 炊事の苦労、の意。

一七 象潟 秋田県にかほ市象潟町《きさかた》。

一八 廿餘丁 一丁は約一〇九メートル。

一九 岩洞の頂より飛流して百尺、千岩の碧潭に落ちたり 「岩洞」は岩の洞穴《ほらあな》。「飛流して百尺」は李白「望《ム》廬《ろ》山《ざんノ》瀑布《ヲ》」の「飛流直下三千尺、疑《フラクハ》是《レ》銀河《ノ》落《ツルカト》九天《ヨリ》」（『聯珠詩格《れんじゅしかく》』他）による。「碧潭」は青々とした淵、真っ青な水を

政集）
旅人のますげの笠や朽ちぬらん黒髪山の五月雨のころ（藤原公実・
堀川百首）

↘たたえた滝壺のこと。

二〇　うらみの瀧　日光市丹勢町。流れ落ちる水の裏側に回れることから名付けられた「裏見の滝」の固有名詞化。霧降《きりふり》・華厳《けごん》とともに日光三名瀑↗

裏見の滝

裏側から見た滝

の一。「たき高さ二丈ほどあり。瀧の広さ三間ほどあり。瀧のうらに石にて不動作り、瀧の下に立《たつ》る。なか〳〵凡人一人昼も行《ゆき》がたし」（日本賀濃子）。

二一　「暫時は」句解　「剃捨てて」の句意をうけて、裏見の滝の見物を「夏《げ》」に見立てた句。季語の「夏」は夏安居・夏行・夏籠りに同じで、僧が夏の暑さや雨季の苦痛を避けて、修行に専念すること。この旅が仏道修行に似たものであることを思わせる。

六　那須野《なすの》

[一]那須《なす》の黒《くろ》ばねと云《い》ふ所に知人《しるひと》あれば、是《これ》より野越《のごえ》にか丶りて、[二]直道《すぐみち》をゆかんとす。遙《はる》かに一村《いっそん》を見かけて行くに、雨降り日暮るる。農夫《のうふ》の家に一夜《いちや》をかりて、明くれば又野《またの》中《なか》を行く。そこに野飼《のがひ》の馬あり。[三]草刈るおのこになげきよれば、[四]野夫《やふ》といへどもさすがに情しらぬには非《あら》ず、「いかゞすべきや。されども此《こ》の野は[五]縦横《じゅうわう》にわかれて、[六]うゐ〳〵敷《し》き旅人の道ふみたがへん、[七]あやしう侍れば、[八]此の馬のとゞまる所にて馬を返し給へ」と、かし侍りぬ。ちいさき者ふたり、馬の跡《あと》したひてはしる。独《ひと》りは[九]小姫《こひめ》にて、名をかさねと云ふ。聞きなれぬ名の[一〇]やさ

六　那須野

一　那須の黒ばね　栃木県大田原市。那須は狩りが行われた那須山麓の広野で、歌枕。黒羽（旧那須郡黒羽町）は当時大関藩の城下町。

二　直道　真っ直ぐな道、の意。

三　草刈るおのこになげきよれば　正しくは「をのこ」で、草を刈っている男に近寄って嘆願したところ、の意。謡曲に「けふの細道分け暮らして、錦塚はいづくぞ、かの岡に草刈るをのこ、心して人の通ひ路明らかに教へよや」（錦木）とある。

四　野夫　田舎に住む男、の意。

五　縦横　曽良本は「東西縦横」。

六　うゐ〳〵敷き旅人　正しくは「うひ〳〵敷き」で、この土地に慣れていない旅人、の意。

七　あやしう侍れば　心配ですから、の意。「侍れ」は丁寧語。

八　此の馬のとゞまる所にて　謡曲に「老いたる馬にはあらねども道しるべ申すなり」（遊行柳）とある。馬に従って目的地に達する話は、「管仲《かんちゅう》随馬《ずいば》」（蒙求《もうぎゅう》・韓非子《かんぴし》）や宗祇《そうぎ》『白河紀行』の大田原の挿話などにもある。

しかりければ、

　[一一]かさねとは八重《やへ》撫子《なでしこ》の名《な》成るべし　曽良

頓《やが》て人里《ひとざと》に至れば、あたひを[一二]鞍《くら》つぼに結付《むすびつ》けて馬を返しぬ。

道多き那須の御狩りの矢叫《やさけ》びにのがれぬ鹿の声ぞ聞こゆる（藤原信実・夫木抄）

七　黒《くろ》羽《ばね》

黒羽《くろばね》の[一]館代《くわんだい》[二]浄坊寺何《じやうばうじなに》がしの方《かた》に音信《おとづ》る。思ひがけぬあるじの悦《よろこ》び、日夜《にちや》語りつゞけて、其《そ》の弟[三]桃翠《たうすゐ》など云《い》ふ

九　小姫　曽良本は「小娘」。

一〇　やさしかりければ　優雅に感じられたので、の意。「かさね」という名の語感から、重ね着をする着物の色合いや八重の花弁の優美さなど、平安朝的な慕わしさを感じた。

一一　「かさねとは」句解　「かさね」の名から八重の撫子を連想し、娘の愛らしさを詠む句。撫子をかわいい子どもの比喩とすることは「撫子は小児にそへて、歌にもおほく見ゆめれば」（山之井）など歳時記類に記載がある。句文合わせて鑑賞すべき句。季語は「撫子」で夏。

一二　鞍つぼ　鞍壺。鞍の前輪《まえわ》と後輪《しずわ》との間で、人がまたがって腰をおろす所。

七　黒羽

一　館代　城代などと同じく、主君の代理として地元で政務をつかさどる職。

二　浄坊寺何がし　浄法寺が正しい。名を高勝と言い、俳号は桃雪《とうせつ》・秋鴉《しゅうあ》。

三　桃翠　翠桃が正しい。高勝の実弟岡忠治豊明の俳号。江戸で蕉門と面識があった。

が、朝夕勤《てうせきつと》め[四]とぶらひ、自《みづか》らの家にも伴《ともな》ひて、親属《しんぞく》の方にもまねかれ、日をふるまゝに、日《ひ》とひ[五]郊外《かうぐわい》に逍遥《せうえう》して犬追物《いぬおふもの》[六]の跡を一見《いつけん》し、那須《なす》[七]の篠原《しのはら》をわけて玉藻《たまも》[八]の前《まへ》の古墳《こふん》をとふ。それより八幡宮《はちまんぐう》[九]に詣《まう》づ。「与市扇《よいちあふぎ》[一〇]の的《まと》を射

四 **勤めとぶらひ**　あれこれととくに気にかけて訪ねてくれた、の意。

五 **日とひ**　ある日、の意。曽良本は「ひとひ」。

六 **犬追物**　騎射の練習として、馬場に犬を放して騎馬で犬を射る競技。その起源は玉藻の前という美女に化けた狐を射止める訓練で、謡曲に「奈須野の化生《けしやう》のものを退治せよとの勅を受けて、野《や》

鹿子畑翠桃(桃翠)の墓

玉藻稲荷神社(左に源実朝歌碑)

玉藻稲荷神社境内の鏡が池

し時、別《べつ》[二一]しては我が国の氏神正八《うじがみしやうはち》まんとちかひしも此の神社にて侍《はべ》る」と聞けば、感應殊《かんおうこと》にしきりに覚えらる。暮るれば桃翠宅に帰る。

修験光明寺《しゆげんくわうみやうじ》[二二]と云ふ有り。そこにまねかれて行者堂《ぎやうじやだう》を

金丸八幡宮(那須神社)

光明寺跡

光明寺跡にたつ「夏山に」句碑

干は犬に似たれば犬にて稽古あるべしとて、百日犬をぞ射たりける。これ犬追物の初めとかや」(殺生石《せつしようせき》)とある。

七　那須の篠原　栃木県大田原市蜂巣（旧黒羽町）の小字に「篠原」の名が残る。歌枕。

八　玉藻の前　金毛九尾の狐が化けたという美女。「玉藻」は婦人名で、「前」は貴婦人の敬称。そ↖

拝《はい》す。

[一三]夏《なつ》山《やま》に足《あし》駄《だ》を拝む首《かど》途《で》哉《かな》

もののふの矢《や》並《なみ》つくろふ籠《こ》手《て》の上に霰《あられ》たばしる那須の篠原（源実朝・金槐集）

八　雲巌寺《うんがんじ》

当国《たうごく》[一]雲岸寺《うんがんじ》のおくに佛頂《ぶつちやう》和尚《をしやう》[二]山居《さんきよ》の跡《あと》あり。

[三]「竪《たて》横《よこ》の五《ご》尺《しやく》にたらぬ草の庵《いほ》

の古墳という狐塚が玉藻稲荷神社（大田原市蜂巣）の境内に残る。この狐はインドや中国を経て渡来し、鳥羽院の寵姫《ちようき》となり、正体を見破られ那須野まで逃げて射殺されたが、その執心が殺生石となって鳥獣や人の命を奪ったとも伝える。

九　八幡宮　応神天皇を祭神とする、那須総社金丸八幡宮那須神社（大田原市南金丸）。源平屋島の合戦で、那須与一宗高が平家方の扇を射落とす際に祈った、那須代々の氏神（平家物語・源平盛衰記）。

一〇　与市　曽良本は「与市宗高」。

一一　別しては我が国の氏神正八まん　「別して」は、とりわけ、とくに。「我が国」は、与市の故郷下野国《しもつけのくに》のこと。「正八まん」の「正」は、八幡神の尊称。

一二　修験光明寺　即成山光明寺（大田原市東余瀬）。修験道の宗派に属して役行者《えんのぎようじや》の像を安置していたが、廃絶。

一三　「夏山に」句解　新たに旅立つ心境で足駄を拝み、役行者の健脚にあやかろうという句。季語は「夏山」で夏。

八　雲巌寺

一　雲岸寺　雲巌寺が正しい。栃木県大田原市雲岩寺にある臨済宗妙心寺派の道場。芭蕉参禅の師である仏頂和尚ゆかりの禅寺。

二　山居の跡　山にこもって修行した遺跡、の意。曽良本は「山居の跡」。

むすぶもくやし雨なかりせば

と松[四]の炭して岩に書付《かきつ》け侍《はべ》り」と、いつぞや[五]聞《きこ》え給ふ。其《そ》の跡みんと雲岸寺に杖《つゑ》を曳《ひ》けば、人々《ひとびと》すゝんで共《とも》にいざなひ、若き人おほく道のほど打ちさはぎて、おぼえず彼《か》の梺《ふもと》に到《いた》る。山はおくあるけしきにて、谷道遥《たにみちはる》かに、松《まつ》・杉《すぎ》黒く、苔《こけ》したゞりて[六]、卯月《うづき》の天今猶《てんいまなほ》寒し。十景《じつけい》[七]尽くる所、橋[八]をわたつて山門《さんもん》に入る。

雲巌寺山門

三 「竪横の」歌意　きまった住居を持たない自分のような僧には、雨さえ降らなければ、この縦も横も五尺に足りない粗末な草庵さえいらないのに、という残念な気持ちを詠む。

四 松の炭して　燃えさしの松の炭で、の意。「その杯の皿に続松《ついまつ》の炭して、歌の末を書きつぐ」（伊勢物語・六十九）、謡曲にも「松のたきさし拾ひ取り、庵のかたかべくろぐろに」（都富士）などとある。

五 いつぞや聞え給ふ　いつであったか話されたことがある、の意。

六 苔したゞりて　苔から清水のしずくがしたたり落ちていて、の意。

七 十景　雲巌寺十景。『曽良旅日記』俳諧書留に「海岩閣・竹林・十梅林・竜雲洞・玉几峯《ぎょくきほう》・鉢盂《ボウ》峯《ホウ》・水分石《すいぶんせき》・千丈岩・飛雪亭・玲瓏岩《れいろうがん》」とある。

八 橋をわたつて　「橋」は雲巌寺五橋の一つで、山門の前にかかる瓜瓞《かてつ》橋。

九 むすびかけたり　もたせかけて作ってある、の意。

一〇 妙禅師の死関　「妙禅師」は中国南宋の原妙

さて、かの跡はいづくのほどにやと、後《うしろ》の山によぢのぼれば、石上《せきしやう》の小菴岩窟《せうあんがんくつ》にむすびかけたり。[九] 妙禅師《めうぜんじ》の死《し》[一〇]関《くわん》・法雲法師《はふうんほふし》[一一]の石室《せきしつ》をみるがごとし。

[一二]木啄《きつつき》も庵《いほ》はやぶらず夏木立《なつこだち》

と、[一三]とりあへぬ一句を柱に残し侍りし。

九　殺生石《せつしやうせき》・遊行柳《ゆぎやうやなぎ》

是《これ》より殺生石《せつしやうせき》[一]に行く。館代《くわんだい》より馬にて送らる。此《こ》の口《くち》[二]付《づき》のおのこ、「短冊《たんじやく》[三]得させよ」と乞《こ》ふ。[四]やさしき事《こと》を望み侍《はべ》るものかなと、

[五]野を横に馬牽《ひ》きむけよほとゝぎす

禅師。「死関」はその山居に掲げた扁額。

一一 法雲法師の石室　「法雲法師」は原妙禅師の高弟。「石室」はその岩窟。

一二「木啄も」句解　木啄も仏頂和尚の高徳を慕っているという、句文合わせて鑑賞すべき句。季語は「夏木立」で夏。

一三 とりあへぬ一句を　即興の一句を、の意。曽良本は「とりあへぬ一句」。

九　殺生石・遊行柳

一 殺生石　栃木県那須郡那須町湯本・温泉《ゆぜん》神社裏手の山腹にある巨石。一帯は湯元として硫化水素や亜硫酸ガスなどの有毒ガスを発する。よって謡曲では、これは玉藻の前に化けた狐が変じた石で、動物を取り殺すという伝承が生まれた。（謡曲『殺生石』）

二 口付のおのこ　正しくは「をのこ」で、馬の轡《くつわ》を取って引いてゆく馬子、の意。

三 短冊　「短冊」は和歌や俳句を書く細長い料紙

殺生石は温泉《いでゆ》の出づる山陰《やまかげ》にあり。石の毒気《どくき》いまだほろびず。蜂《はち》・蝶《てふ》のたぐひ真砂《まさご》の色の見えぬほどかさなり死す。

六又《また》清水《しみづ》ながる丶の柳《やなぎ》は、蘆野《あしの》の里《さと》にありて、田の畔《くろ》に

殺生石

温泉《ゆぜん》神社

遊行柳

だが、ここはそれに書いた芭蕉の句。

四　やさしき事　風流韻事《いんじ》を解する情のこまやかなこと、の意。

五　「野を横に」句解　鳴き過ぎたほととぎすの方に馬を引き向けて、もう一度その声を聞こうと、馬子に呼びかけた句。季語は「ほととぎす」で夏。

六　清水ながる丶の柳　那須町芦野。西行が立ち

残る。此の所の郡守《ぐんしゆ》戸部《こほう》某《なにがし》の、「此の柳みせばや」など、折《をり》〱《をり》にの給《たま》ひ聞《きこ》え給ふを、いづくのほどにやと思ひしを、今日《けふ》此の柳のかげにこそ立ちより侍りつれ。

田《た》一《いち》枚《まい》植ゑて立去る柳かな

道の辺に清水流るる柳蔭しばしとてこそ立ちとまりつれ（西行・新古今集・夏）

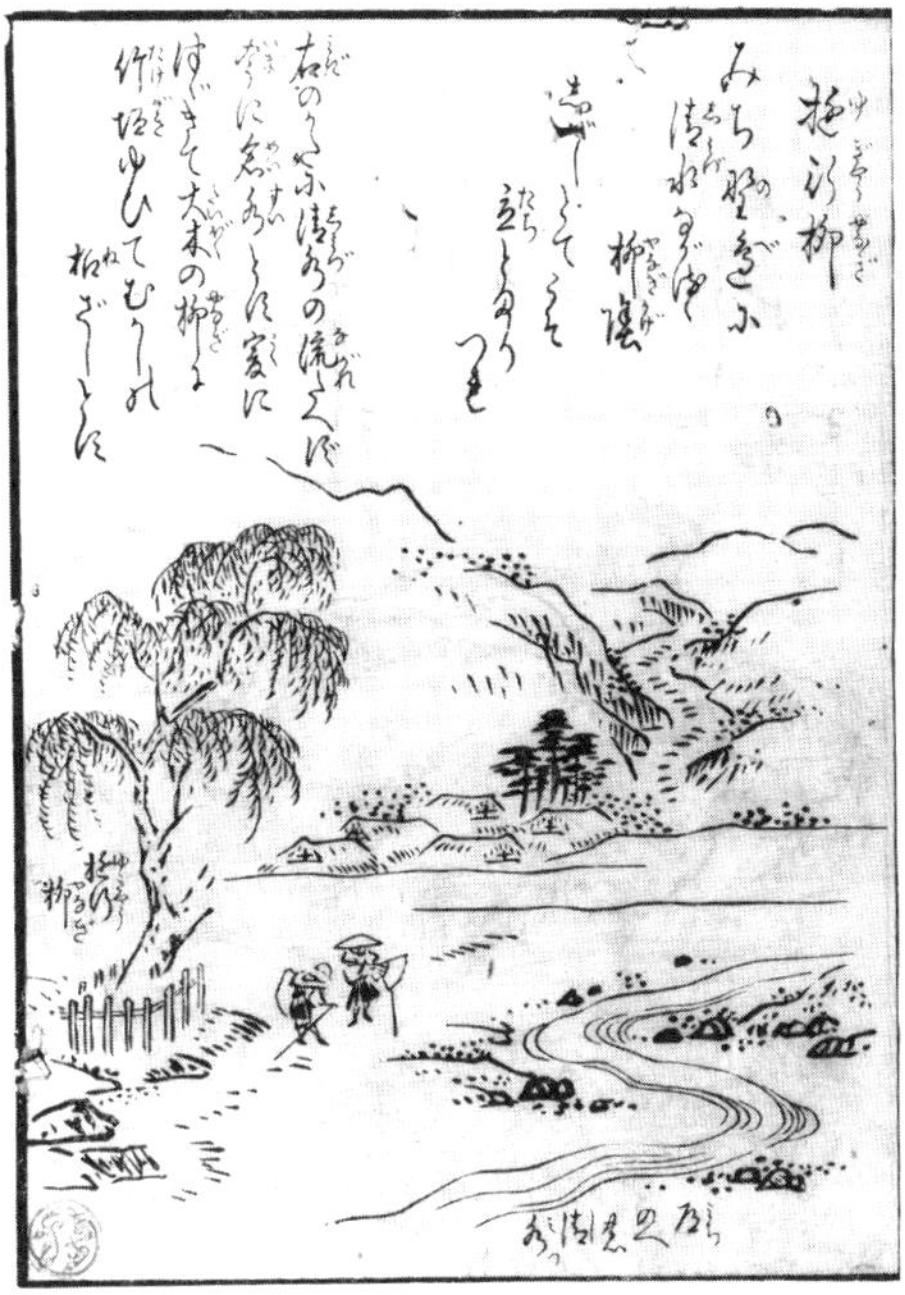
遊行柳（『東国名勝志』）

寄り、旅の疲れを休めたと伝える柳で、西行の和歌や謡曲『遊行柳』によって知られた。

七 郡守戸部某 芦野民部《みんぶ》資俊。俳号は桃酔。中国の官名「郡守」「戸部」に擬して、実名をぼかしている。

八 「田一枚」句解 早乙女たちが一枚の田を植え終わる時間の経過を述べて、西行ゆかりの柳を立ち去る名残り惜しさを詠んだ。句文合わせて鑑賞すべき句。季語は「田植」で夏。

一〇　白河《しらかわ》の関《せき》

[一]心許《こころもと》なき[二]日かず重なるまゝに、[三]白川の関にかゝりて旅《たび》心《ごころ》定まりぬ。[四]「いかで都へ」と便《たより》求めしも[五]断也《ことわりなり》。中《なか》にも此の関は[六]三関《さんせき》の一《いつ》にして、[七]風騒《ふうさう》の人《ひと》心をとゞむ。[八]秋風《あきかぜ》を耳に残し、[九]紅葉《もみぢ》を俤《おもかげ》にして、[一〇]青葉の梢《こずゑ》猶《なほ》あはれ也《なり》。[一一]卯《う》の花《はな》の白妙《しろたへ》に、茨《むばら》の花の咲きそひて、[一二]雪にもこゆる心地《ここち》ぞする。[一三]古人《こじん》冠《かんむり》を正し衣装《いしやう》を改めし事《こと》など、清輔《きよすけ》の筆にもとゞめ置かれしとぞ。

[一四]卯の花をかざしに関の晴着《はれぎ》かな　　曽良

一〇　白河の関

一　心許なき　待ち遠しくて心が落ち着かない、の意。

二　日かず重なる　日数が積もってゆく、の意。都から遠い土地なので、和歌では白河の関に「日数ふる旅」（類船集）を詠むというしきたりがある。

三　白川の関　白河の関に同じ。福島県白河市旗宿。陸奥の入り口で、古代に蝦夷の警固を目的に設けられた。歌枕。

四　いかで都へ　どうにかして都へ、の意。兼盛の歌「便りあらば」の一節を裁ち入れた。

五　断也　当然である、もっともである、の意。

六　三関の一　通説では東北の「三関」を白河の関・勿来《なこそ》の関（福島県いわき市）・念珠《ねず》の関（山形県鶴岡市）とするが確証はない。

七　風騒の人　「風騒」は詩文を作ること。ここは詩人や歌人、の意。

八　秋風を耳に残し　白河の関の秋風を詠んだ能因の歌を思い起こし、の意。

九　紅葉を俤にして　紅葉散り敷く白河の関を詠んだ頼政の歌を思い描き、の意。

都出でし日数は冬になりにけり時雨《しぐ》れて寒き白川の関（藤原秀茂・続古今集・羇旅《きりよ》）

便りあらばいかで都へ告げやらむけふ白川の関は越えぬと（平兼盛・拾遺集・別）

（上）関の明神（境神社）、（下）白河神社

一〇 **青葉の梢猶あはれ也**　眼前の青葉がいっそう趣深く思える、の意。

一一 **卯の花の白妙に、茨の花の咲きそひて**　古歌に詠まれた卯の花の白に、茨の花の白も加わって、の意。

一二 **雪にもこゆる心地**　雪景色の関を越えるような心持ち、の意。

一三 **古人冠を～置かれしとぞ**　能因の秋風を詠んだ歌に敬意を表して、冠をかぶり直し、装束を正装に改めて関越えした話。藤原清輔《きよすけ》著『袋草紙』巻三（貞享二年刊）に「竹田大夫国行ト云《いふ》者、陸奥ニ下向《げこう》之《の》時、白川ノ関スグル日ハ、殊ニ装束ヒキツクロヒムカフト云々《うんぬん》。人問ヒテ云《いは》ク、何等ノ故ゾ哉《や》。答ヘテ云ク、古曽部《こそべ》ノ入道ノ、秋風ゾフク白河ノ関ト読《よま》レタル所ヲバ、イカデカケナリニテハ過ギント云々。殊勝ノ

白川の関屋を月のもる影は人の心を留むるなりけり（西行法師・山家集・雑）

都をば霞とともに立ちしかど秋風ぞ吹く白川の関（能因法師・後拾遺集・羇旅）

都出でて逢坂越えしをりまでは心かすめし白川の関（西行法師・山家集・雑）

都にはまだ青葉にて見しかども紅葉散りしく白川の関（源頼政・千載集・秋下）

見て過ぐる人しなければ卯の花の咲ける垣根や白川の関（橘季通・千載集・夏）

東路も年も末にやなりぬらむ雪降りにける白川の関（僧都印性・千載集・羇旅）

事歟《か》」とある。「古曽部ノ入道」が能因。

一四「卯の花を」句解　正装して関を越えた古人のような用意はないので、卯の花の枝を折ってかざしとし、晴着のかわりともしようと興じた句。季語は「卯の花」で夏。

（上）古関蹟の碑、（下）白河古関付近の卯の花

一一　須賀川《すかがわ》

とかくして越行《こえゆく》まゝに、あふくま川[一]を渡る。左に会《あひ》津根《づね》[二]高く、右に岩城《いはき》[三]・相馬《さうま》・三春《みはる》の庄《しやう》、常陸《ひたち》・下野《しもつけ》の地をさかひて[四]山つらなる。かげ沼[五]と云《い》ふ所を行くに、今日《けふ》は空曇《くも》りて物影《ものかげ》うつらず。

すか川《がは》[六]の驛に等窮《とうきゆう》[七]といふものを尋ねて、四五日とゞめらる。先《ま》づ、「白河の関いかにこえつるや」と問ふ。「長途《ちやうど》のくるしみ身心《しんじん》つかれ、且《かつ》は風景に魂《たましひ》うばゝれ、懐旧《くわいきう》[八]に腸《はらわた》を断《た》ちて、はか〴〵しう思ひめぐらさず。

　風流《ふうりう》[九]の初《はじめ》やおくの田植《たうゑ》うた

無下《むげ》にこえんもさすがに」と語れば、脇《わき》[一〇]・第三とつゞけ

一一　須賀川

一　あふくま川　阿武隈川。白河の関跡の北を須賀川・福島へと北流して、宮城県の岩沼付近を東流して太平洋に注ぐ。歌枕としては「あふくま」と清音に読み、「逢ふ」の意を掛ける例が多い。

二　会津根　磐梯山の歌枕としての呼称。

三　岩城・相馬・三春の庄、常陸・下野の地　「岩城」は福島県いわき市平、「相馬」は福島県相馬市、「三春」は福島県田村郡三春町をそれぞれ中心とし、「常陸」は茨城県、「下野」は栃木県にあたる。

四　さかひて　境をするように、の意。

五　かげ沼　福島県岩瀬郡鏡石町あたりの地名。晴れた日に蜃気楼現象を起こして、ものの影を映すように見えたところから、この名があった。江間氏親著『行嚢抄《こうのうしょう》』に「空曇ル日ハ人影見エズ」とある。

六　すか川　福島県須賀川市。当時は仙台松前街道の宿駅。

七　等窮　相楽伊左衛門《さがらいざえもん》。等窮（正しくは等躬）は俳号。

八　懐旧に腸を断ちて　「懐旧」は昔を懐かしむこ

て三巻《みまき》となしぬ。

此《こ》の宿《しゆく》の傍《かたはら》に、大きなる栗《くり》の木陰《こかげ》をたのみて、世[一一]をいとふ僧有り。橡《とち》[一二]ひろふ太山《みやま》もかくやと、閒《しづか》[一三]に覚えられて、[一四]ものに書付《かきつ》け侍《はべ》る。其《そ》の詞《ことば》、

（上）乙字が滝（石井雨考編『青かげ』）、（下）乙字が滝

と、「腸を断つ」は腸がちぎれるほど悲しむことだが、ここは古歌や故事を思い浮かべて感慨無量だったので、の意。

九 「風流の」句解　等窮への挨拶として、みちのくの田植歌を聞いた感動を詠んだ。季語は「田植歌」で夏。

一〇 脇・第三とつゞけて三巻となしぬ　連句で発句に続く第二句目の短句を「脇（句）」、第三句目の長句を「第三」という。ここは、歌仙三巻ができた、との意。連句については「解説」を参照。

一一 世をいとふ僧　俗世間を避けて隠れ住む僧。可伸《かしん》、俳号を栗斎《りつさい》という。

一二 橡ひろふ太山もかくや　「橡」は橡の木の実。「太山」は深山。西行法師が「橡ひろふ」と歌に詠んだ深山の暮らしもこんな具合であろうか、の意。「山深み岩にしだるゝ水ためんかつがつ落つる橡拾ふほど」（西行・山家集）。

一三 閒に覚えられて　心静かな境地が見てとれて、の意。

一四 ものに書付け侍る　紙に書きつけた、の意。「もの」は詩歌を書き記す懐紙を漠然と言った。

[一五]栗といふ文字《もんじ》は西の木と書きて[一六]西方《さいはう》浄土《じやうど》に便《たより》ありと、[一七]行基菩薩《ぎやうぎぼさつ》の一生杖《つゑ》にも柱にも此《こ》の木を用ひ給ふとかや。

[一八]世の人の見付けぬ花や軒の栗

行く末にあふくま川のなかりせばいかにかせまし今日の別れを（高階経重・新古今集・離別）

君をのみしのぶの里へ行くものを会津の山のはるけきやなぞ（藤原滋幹・後撰集・離別）

軒の栗　可伸庵跡

一五 栗といふ文字　「栗」という文字は、「西」と「木」からできているという説を紹介している。「栗の木とは、西の木と書けり」（法然上人行状絵図）ほか、『毛吹草追加』や『続山井』など歳時記類にも栗を「西の木」とする作例がある。

一六 西方浄土　阿弥陀仏の極楽浄土のこと。

一七 行基菩薩　奈良時代、聖武天皇のころの高僧。諸国をめぐり、寺院建立・池堤設置・橋梁架設などを通して、民衆教化に尽くした。「菩薩」は朝廷が与えた称号。

一八 「世の人の」句解　俗世間を避けて、西方浄土に縁のある栗の木陰に隠れ住む僧の人柄を、目立たないけれど香気の強い栗の花に託して称えた句。季語は「栗の花」で夏。

一二　安積山《あさかやま》・信夫《しのぶ》の里《さと》

等窮《とうきゅう》が宅《たく》を出《い》でて五里《ごり》計《ばかり》、[一]檜皮《ひはだ》の宿《しゅく》を離れて、[二]あさか山《やま》有《あ》り。路《みち》より近し。此《こ》のあたり[三]沼《ぬま》多し。[四]かつみ刈《か》る比《ころ》もやゝ近うなれば、「いづれの草を花かつみとは云《い》ふぞ」と、人々《ひとびと》に尋ね侍《はべ》れども、更《さら》に知る人なし。沼を尋ね人にとひ、「かつみ〳〵」と尋ねありきて、日は山の端《は》にかゝりぬ。[五]二本松《にほんまつ》より右にきれて、[六]黒塚《くろづか》の岩屋《いはや》一見《いつけん》し、[七]福嶋《ふくしま》に宿《やど》る。

あくれば、しのぶもぢ摺《ずり》の石を尋ねて、[八]忍《しの》ぶのさとに行く。遙《はる》か山陰《やまかげ》の小里《こざと》に、石半《なか》ば土に埋《うづも》れてあり。里の童部《わらべ》の来《きた》りて教へける、「昔《むかし》は山の上に侍《はべ》りしを、往来《ゆきき》

一二　安積山・信夫の里

一　檜皮の宿　福島県郡山市日和田町。当時は陸奥国安積《あさか》郡日和田村。仙台松前街道の宿駅。江間氏親著『行嚢抄《こうのうしょう》』に「駅家六十軒アリ」とある。

二　あさか山　日和田町の北にある安積山公園にあたる。『万葉集』巻第十六の采女《うねめ》の歌で名高い歌枕。

三　沼　日和田一帯の沼。『古今集』恋四の読み人知らずの歌で名高い歌枕。『曽良旅日記』に「アサカノ沼、左ノ方、谷也。皆田ニ成《なり》、沼モ少《すこし》残ル」とある。本文の「沼多し」は「沼を尋ね人にとひ」て、「かつみ」を求めるための誇張。

四　かつみ　端午の節句に菖蒲《しょうぶ》もなく、それを軒端に葺《ふ》く習慣もない地元民に、都から陸奥守として流された藤原実方《さねかた》が、菖蒲の代わりに葺けと命じた安積沼の真菰《まこも》のこと（鴨長明・無名抄）。「花かつみ生ひたる見ればみちのくの安積の沼の心地こそすれ」（能因・能因法師集）に「菰の花咲きたるを見て」と前書があるので「かつみ」が真菰であることは確かだが、時代が下がるにつれて不明となっていた。

の人の麦草《むぎくさ》をあらして此[九]の石を試《こころ》み侍るをにくみて、此の谷につき落《おと》せば、石の面《おもて》下《した》[一〇]ざまにふしたり」と云《い》ふ。さもあるべき事《こと》にや。

早[二]《さ》苗《なへ》とる手もとや昔《むかし》しのぶ摺《ずり》

（上）黒塚の岩屋（観世寺岩屋）、（下）文知摺石

五　二本松　二本松市。当時は丹《に》羽《わ》左京太夫《さきょうのだいぶ》長次、十万石の城下町。

六　黒塚の岩屋　二本松市安達ヶ原。真弓山観世寺境内に、人を食うという安達ヶ原の鬼女が住んでいたという岩窟があり、近くに埋葬した塚もある（曽良旅日記）。『拾遺集』雑下の平兼盛の歌で名高い歌枕で、謡曲『黒塚』（観世流では『安達原』）で知られた。

七　福嶋に宿る　福島市。当時は堀田伊《い》豆守《ずのかみ》正虎、十万石の城下町。曽良本は「福島に泊る」。

八　忍ぶのさと　信夫の里。旧陸奥国の郡名。『古今集』恋四の源融（河原左大臣）の歌で名高い歌枕。陸奥国按察使《あぜち》として下った源融との再会を祈願する虎女（鏡石伝説）ゆかりの「もぢ摺の石」が文知摺観音（福島市山口）の境内にある。ただし、石に布を当て草の葉や茎の緑を摺り込んだ「もぢ摺」という染め物の石は各家々にあったはずで、伝説との混乱を避けたい。歌語の「しのぶ」は信夫の里という地名と、忍ぶ草の「忍ぶ」という意を掛ける。

九　此の石を試み侍るを　（意中の人の姿が現れる

安積山影さへ見ゆる山の井の浅き心をわが思はなくに（采女・万葉集・巻十六）
みちのくの安積の沼の花かつみかつ見る人に恋ひやわたらむ（不知・古今集・恋四）
みちのくの安達が原の黒塚に鬼こもれりと聞くはまことか（平兼盛・拾遺集・雑下）
みちのくのしのぶもぢずり誰ゆゑに乱れむと思ふわれならなくに（源融・古今集・恋四）

一三　飯塚《いいづか》の里《さと》

[一]月《つき》の輪《わ》のわたしを越えて、[二]瀬《せ》の上《うへ》と云ふ宿《しゆく》に出《い》づ。「[三]佐《さ》藤庄司《とうしやうじ》が旧跡《きうせき》は左の山際一里《やまぎはいちり》半斗《はんばかり》に有り。[四]飯塚《いひづか》の里[五]鯖野《さばの》」と聞きて、尋ね〳〵行くに、[六]丸山《まるやま》と云ふに尋ねあたる。「是《これ》庄司が旧館也《きうくわんなり》。麓《ふもと》に大手《おほて》の跡《あと》」など、人の教

という虎女伝説にあやかろうと、青麦の葉を）この石の表面にこすりつけるのを、の意。

一〇 下ざまにふしたり　（石の表面が）下向きに埋もれてしまった、の意。

一一「早苗とる」句解　田植の準備で、苗代で早苗をとって泥を洗い落として束ねるというしぐさに、しのぶもじ摺の昔を偲んだ句。季語は「早苗とる」で夏。

一三　飯塚の里
一 月の輪のわたし　福島市向鎌田《むかいかまだ》。当時の阿武隈川支流にあった渡し。月輪山麓に位置する。歌枕。
二 瀬の上　福島市瀬上町。仙台松前街道の宿駅で、飯坂温泉への分岐点。
三 佐藤庄司　佐藤元治（基治）。奥州藤原秀衡の郎党で、信夫郡・伊達郡を管理した。「庄司」はその職名。その息子が源義経の家来となって死んだ継信・忠信である。
四 飯塚　飯坂温泉。福島市飯坂町。古く「飯塚」

ゆるにまかせて泪《なみだ》を落《おと》し、又《また》かたはらの古寺《ふるでら》[七]に一家《いっけ》[八]の石《せき》碑《ひ》を残す。中にも二人《ふたり》[九]の嫁《よめ》がしるし、先《ま》づ哀《あは》れ也《なり》。女なれども[一〇]かひぐ\しき名の世に聞えつる物かなと、袂《たもと》をぬらしぬ。堕涙《だるゐ》[一一]の石碑も遠きにあらず。寺に入《い》りて茶を乞《こ》へば、爰《ここ》に義経《よしつね》[一二]の太刀《たち》・弁慶《べんけい》が笈《おひ》をとゞめて什物《じふもつ》[一三]とす。

佐藤継信・忠信兄弟の墓（医王寺）

と称した例がある（伊達家治家記録）。

五　鯖野　飯坂町（小川流域）。当時の信夫郡飯坂村佐場野。

六　丸山　福島市飯坂町館ノ山。佐藤元治の居館のあった場所。大鳥城とも丸山城とも呼んだ。

七　古寺　瑠璃《るり》光山吉祥院医王寺。真言宗で、佐藤氏の菩提《ぼだい》寺。飯坂町平野。

八　一家の石碑　佐藤家の墓碑。『曽良旅日記』に奥の院薬師堂の後ろに「庄司夫妻ノ石塔」、北の脇に「兄弟の石塔」があると記す。

医王寺内「笈も太刀も」句碑

笈[一四]も太刀も五月《さつき》にかざれ帋幟《かみのぼり》

五月朔日《さつきついたち》の事也《ことなり》。

其《そ》の・夜《よ》飯塚にとまる。温泉《いでゆ》あれば湯に入《い》りて・宿《やど》をかるに、土坐《どざ》[一五]に筵《むしろ》を敷きて・あやしき貧家《ひんか》也《なり》。灯《ともしび》もなければゐろりの火《ほ》かげに寐所《ねどころ》をまうけて臥《ふ》す。夜《よる》に入りて・雷《かみ》鳴《な》り・雨しきりに降りて・臥《ふ》[一六]せる・上よりもり、蚤《のみ》・蚊《か》にせゝ[一七]られて眠らず。持病《ぢびやう》[一八]さへおこりて消《き》[一九]え・入《い》る・斗《ばかり》になん。短夜《みじかよ》[二〇]の空もやう〳〵明く・れば、又《また》旅立ち・ぬ。猶《なほ》[二一]夜の余波《なごり》心すゝまず、馬かりて桑折《こをり》[二二]の驛に出づる・。遙《はる》か・なる行末《ゆくすゑ》をかゝえて、斯《かか》る病覚束《やまひおぼつか》なしといへど、羇旅邊土《きりよへんど》[二三]の行脚《あんぎや》、捨身無常《しやしんむじやう》[二四]の観念《くわんねん》、道路《だうろ》[二五]にしなん是天《これてん》の命《めい》なりと、気力聊《きりよくいささ》か・とり直し、路縦横《みちじうわう》[二六]に踏《ふ》ん・で伊達《だて》[二七]の大木戸《おほきど》をこす。

九 二人の嫁がしるし　継信・忠信兄弟の嫁二人の墓碑、の意。ただし医王寺に嫁の墓碑はない。

一〇 かひ〴〵しき名　勇ましい名声、の意。継信と忠信という二人の息子を失って悲しみに暮れる親に、息子の妻二人が甲冑を着て、夫の凱旋姿を見せて慰めたという話。古浄瑠璃や幸若舞の『八島』その他で知られる。芭蕉はその姿を刻んだ木像がある田村神社（宮城県白石市斎川上向）の甲冑堂に立ち寄っている。

一一 堕涙の石碑　中国古代の晋の将軍杜預《とよ》が、襄陽の太子羊祜《ようこ》の顕彰碑につけた名。羊祜死後、その徳を慕う民が硯山に顕彰碑を建て、それを見て涙を落とさない者はなかったという故事による（連集良材・類船集）。

一二 義経の太刀・弁慶が笈　「太刀」は長大な反り刀。「笈」は背負って歩く葛籠《つづら》で、仏具や経巻を入れる。

一三 什物　什宝に同じ。宝物として秘蔵する伝来の器物。

一四 「笈も太刀も」句解　端午の節句を祝って、宝物の笈も太刀も飾れと呼びかけた句。季語は↙

(上)飯坂の鯖湖《さばこ》湯
(下)鐙摺(次章)

「帋幟」で夏。鍾馗や武者絵を描いた紙製の幟で、長竿につけて戸外に立てた。

一五　土坐に莚を敷きて　「土坐」は土間で、床を張らずに地面のままの所。籾殻《もみがら》や莚《むしろ》を敷いて暮らす。

一六　臥せる上よりもり　寝ている上から雨が漏り、の意。→

一七　せゝられて　「せせる」は、蚤や蚊などが刺す、の意。

一八　持病さへおこりて　芭蕉の持病は痔《じ》疾《しつ》と疝《せん》気《き》。「持病下血などたび〱秋旅四国西国もけしからず」（元禄三年四月十日付、如行宛芭蕉書簡ほか）。

一九　消え入る　苦しさのあまりに気を失う、の意。

二〇　短夜　夜明けの早い夏の夜。「明易《あけやす》し」ともいう夏季の言葉。

二一　夜の余波　曽良本は「よるの名残」。昨夜の睡眠不足と持病の苦痛がまだ残っている、の意。

二二　桑折の驛　福島県伊達郡桑折町。仙台松前街道の宿駅。

二三　羇旅邊土の行脚　「羇旅」は旅・旅行。「邊土の行脚」は辺境をめぐる修行。

二四　捨身無常の観念　「捨身」は俗世間を捨てた身。「無常の観念」は現世のはかなさを覚悟していること。

二五　道路にしなん是天の命なり　道中に死ぬとしても、それは天が与えた運命である、の意。「予縦《ヒ》不レ得《トモ》二大葬《ヲ》一予死《ナンヤ》二於道路《ニ》一乎」（論語・子《し》罕《かん》篇）

→とある。

二六 路縦横に踏んで 縦横無尽の力強さとも、足取りの弱々しさとも読める。

二七 伊達の大木戸 福島県伊達郡国見町大木→戸。伊達領に入る大門の柵で、源頼朝の鎌倉軍を迎え撃つために平泉の藤原泰衡《やすひら》が設けた。佐藤庄司敗軍の地。ただし、芭蕉の当時にその実体はなかった。

一四 笠島《かさじま》

[一]鐙摺《あぶみずり》・[二]白石《しろいし》の城《じやう》を過ぎ、[三]笠嶋《かさじま》の郡《こほり》に入《い》れば、[四]藤中将実方《とうのちゆうじやうさねかた》の塚《つか》はいづくのほどならんと、人にとへば、「是《これ》より遥《はる》か右に見ゆる山際《やまぎは》の里を[五]みのわ・笠嶋と云ひ、[六]道祖神《だうそじん》の社《やしろ》・[七]かた見《み》の薄《すすき》今《いま》にあり」と教ゆ。此《こ》の比《ごろ》の五月雨《さみだれ》に道いとあしく、身《み》つかれ侍《はべ》れば、[八]よそながら眺めやりて過ぐるに、簑輪《みのわ》・笠嶋も[九]五月雨の折《をり》にふれたりと、

[一〇]笠嶋はいづこさ月《つき》のぬかり道

一四 笠島

一 鐙摺 宮城県白石市越河《こすごう》にあった険路。「鐙」は馬の鞍の両脇にあって足を踏みかける馬具で、その鐙がすれるほどの狭い道、の意。「是ヨリ才川村、入口に鐙摺の岩あり。一騎立の細道也」(陸奥鵆《むつちどり》)とある。源義経伝説の地の一つ。

二 白石の城 白石市。当時は伊達家の家臣、片倉小十郎の城下町。

三 笠嶋の郡 笠島村のある郡。名取市愛島《めでしま》。

四 藤中将実方の塚 近衛中将藤原実方の墓、の意。「道祖神の社」北約二キロメートルの地にある。実方は平安中期の歌人。殿上で藤原行成と口論して勅勘を被り、「歌枕注《しる》して進《まゐ》れよ」と、陸奥守に左遷された。笠島の道祖神社の前を「我《われ》下馬に及ばず」と乗馬のまま通ったために、落馬して→

一 岩沼《いはぬま》に宿《やど》る。

朽ちもせぬその名ばかりをとどめ置きて枯野の薄形見にぞ見る（西行・山家集・雑）

死んだという（源平盛衰記・巻七）。

五 みのわ・笠嶋　「みのわ」は簑輪でいま名取市高館川上に「箕輪」の名が残り、「笠嶋」も名取市愛島笠島としてその名が残る。「三ノ輪、笠嶋と村並《ならび》て有由《あるよし》、行過《ゆきすぎ》テ不見《みず》」（曽良旅日記）とある。

六 道祖神の社　笠島道祖神社（佐倍乃《さえの》神社）。名取市愛島笠島字西台。悪霊や疫病を防ぎ、旅の安全を守るとともに、良縁・出産・夫婦円満の神でもある。式内社。

七 かた見の薄　実方供養に墓を訪ねた西行の歌に詠まれた薄のこと。

八 よそながら　それとなく、の意。

九 五月雨の折にふれたり　「折」は季節で、「ふれ」は「触《ふ》る」の連用形。簑輪の「簑」と、笠島の「笠」が五月雨に縁があっておもしろい、の意。

一〇 「笠嶋は」句解　敬慕する西行と、辺土に横死した流離の歌人実方ゆかりの地である笠島へ行きたくて果たせない無念の思いを詠んだ句。季語は「さ月」で夏。

一一 岩沼に宿る　岩沼市。「岩沼」は仙台松前街道の宿駅で、当時は古内氏の所領地。曽良本は本文より三字下げて「岩沼宿」とする。「岩沼に宿る」とすれば笠島の章段の結びに、「岩沼宿」とすれば武隈の松の表題にふさわしい。

藤原実方の墓

笠島道祖神社

一五　武隈《たけくま》の松《まつ》

[一]武隈《たけくま》の松にこそめ覚《さ》むる心地《ここち》はすれ。根は土際《つちぎは》より二《ふた》木《き》にわかれて、昔の姿うしなはずとしらる。先《ま》づ能因法《のういんほふ》[二]師《し》思ひ出《い》づ。往昔《そのかみ》[三]むつのかみにて下《くだ》りし人、此《こ》の木を伐《き》りて名取川《なとりがは》[四]の橋杭《はしぐひ》にせられたる事《こと》などあればにや、「松は此のたび跡《あと》もなし」とは詠《よ》みたり。代ゝ《よよ》あるは伐り、あるひは植継《うゑつ》ぎなどせしと聞くに、今将千歳《いまはたちとせ》[五]のかたちとゝのほひて、めでたき松のけしきになん侍りし。

[六]「武隈の松みせ申せ遅桜《おそざくら》」と挙白《きよはく》[七]と云《い》ふもの、餞別《せんべつ》したりければ、

[八]桜より松は二木《ふたき》を三月《みつき》越《ご》シ

一五　武隈の松

一　武隈の松　宮城県岩沼市稲荷町。幹の根元が二股に分かれた「二木の松」として著名な歌枕。「この松は（中略）宮内卿藤原元善といひける人の任に館の前に初めて植ゑたる松なり。（中略）野火に焼けにければ、源満仲が任にまた植う。その後また失せたるを、橘道貞が任に植う。」（奥義抄《おうぎしょう》）とある。いまも植え継がれて竹駒神社の西北にある。

二　能因法師　橘永愷《たちばなのながやす》。橘諸兄《もろえ》十世の孫。平安時代末ごろの歌人で、仏門に入って能因という。二度の奥州行脚を試みたと伝える。

三　むつのかみにて下りし人　藤原孝義。顕昭《けんしょう》著『袖中抄《しゅうちゅうしょう》』や清輔《きよすけ》著『奥義抄』などに、孝義が陸奥守のとき武隈の松を切って名取川に橋を架けた話がある。

四　名取川　蔵王山中を水源とし、仙台の南を流れて太平洋に注ぐ川。歌枕。

五　千歳のかたちとゝのほひて　「松は此のたび跡もなし」とともに能因の和歌を踏まえる表現。曽良本は「千歳のかたちとゝのひて」。千年の樹齢

武隈の松はふた木を都人いかがと問はばみきと答へん（橘季通・後拾遺集・雑四）
武隈の松はふた木をみ木といふはよくよめるにはあらぬなるべし（僧正深覚・後拾遺集・誹諧歌）
武隈の松はこのたび跡もなし千歳を経てやわれは来つらん（能因法師・後拾遺集・雑四）
枯れにける松なき跡の武隈はみきと言ひてもかひなかるべし（西行法師・山家集・雑）

武隈の松

を保つといわれる松にふさわしい形が備わっていて、の意。

六「武隈の」句解　風雅の旅人芭蕉を、まず武隈の松に案内せよ、と陸奥の遅桜に呼びかけた餞別句。季語は「遅桜」で春。

七 挙白　草壁《くさかべ》氏。江戸住みの商人で、芭蕉の門人。陸奥の遅桜に呼びかけるという餞別句の内容から、奥州の人とも考えられる。

八「桜より」句解　遅桜には間に合わなかったが、旅立ちから三月越しに、古歌で知られた松を見られたと、挙白の餞別句に答えた句。「松」に「待つ」、「三月越シ」に「見つ」の意を掛け、「二木」と「三月」の数詞は古歌に倣った言葉遊び。季語は「弥生も末の七日」から「三月越し」で夏。

一六　宮城野《みやぎの》

名《な》取川《とりがは》を渡つて[一]仙臺《せんだい》に入《い》る。[二]あやめふく日也《なり》。旅宿《りよしゆく》をもとめて、四五日逗留《しごにちとうりう》す。爰《ここ》に[三]畫工加右衛門《ぐわこうかゑもん》と云《い》ふものあり。聊《いささ》か[四]心ある者と聞きて知《し》る人《ひと》になる。この者「[五]年比《としごろ》[六]さだかならぬ名《な》どころを考置《かんがへお》き侍《はべ》れば」とて、一日《ひとひ》案内《あない》す。[七]宮城野《みやぎの》の萩《はぎ》茂りあひて、[八]秋の気色《けしき》思ひやらるゝ。[九]玉田《たまだ》・よこ野・つゝじが岡は[一〇]あせび咲くころ也《なり》。日影《ひかげ》ももらぬ松の林に入りて、爰を[一一]木《き》の下《した》と云ふとぞ。昔もかく露ふかければこそ、[一二]「みさぶらひみかさ」とはよみたれ。[一三]薬師堂《やくしだう》・[一四]天神《てんじん》の御社《みやしろ》など拜みて、其《そ》の日はくれぬ。猶松嶋《なほまつしま》・塩《しほ》がまの所々《ところどころ》、畫《ゑ》に書きて送る。[一五]且紺《かつこん》の染緒《そめを》つ

一六　宮城野

一　仙臺　宮城県仙台市。当時は伊達綱村の城下町。

二　あやめふく日　菖蒲を軒端にさす日、の意。邪気を払う民間信仰。『増山井』五月に「あやめふくは四日也」とある。

三　畫工加右衛門　正しくは嘉右衛門。北野屋は屋号で画描き職人。「加之」は俳号で、大淀三千風の高弟。

四　心ある者　「心」は風雅を解する心で、俳諧をたしなむ者、の意。

五　年比　ここ数年、の意。

六　さだかならぬ名どころ　場所が特定できない和歌の名所。歌枕。伊達藩では寛文九年（一六六九）以降に領内整備を目的に、歌枕の地を設定する事業が展開していた。

七　宮城野　仙台市宮城野区。『曽良旅日記』名勝備忘録に「仙台ノ東ノ方、木ノ下薬師堂ノ辺也。惣《そう》テ仙台ノ町も宮（城）野ノ内也」とある。萩の名所として有名な歌枕で、芭蕉は『鹿島詣』で、陸奥守の任を終えた橘為仲が宮城野の萩を長櫃《ながびつ》に入れて京に持ち帰ったという『無名抄』の話を引用。

けたる草鞋《わらじ》二足餞《にそくはなむけ》す。されば こそ[一六]風流《ふうりう》のしれもの、爰に至《いた》りて其《そ》の実《じつ》を顕《あら》はす。

[一七]あやめ艸《ぐさ》足に結ばん草鞋の緒

かの畫圖《ぐわと》にまかせてたどり行けば、[一八]おくの細道《ほそみち》の山際《やまぎは》

画工嘉右衛門が薬師堂に奉納した絵馬

国分寺薬師堂仁王門

宮城野の萩

八 秋の気色思ひやらるゝ　曽良本は「秋の気色思ひやらる」。

九 玉田・よこ野・つゝじが岡　仙台市宮城野区。源俊頼の和歌（松島眺望集）によって、江戸時代に定めた歌枕。この歌に詠まれる地が本来どこかについては諸説ある。

一〇 あせび　馬酔木。「あしび」とも読む。牛馬

に十符《とふ》[一九]の菅《すげ》有《あ》り。今も年〻《としどし》十符の菅菰《すがごも》を調《ととの》へて国守《こくしゅ》に献《けん》

十符の菅

榴岡天満宮 一の大鳥居

が食べると中毒を起こすことから馬酔木と書く。本来の花期は春。

一一　木の下と云ふとぞ　仙台市若林区木ノ下。『古今集』陸奥歌によって定められた歌枕。ただし歌の「木の下」は地名ではない。

一二　みさぶらひみかさ　お供《とも》の人よ、御主人に「お笠をどうぞ」と勧めなさい、の意。

一三　薬師堂　仙台市若林区木ノ下。薬師像と十二神将像を安置する堂。源頼朝の奥州侵攻の際に焼失した陸奥国分寺金堂址に伊達政宗が再建。

一四　天神の御社　榴岡《つつじがおか》天満宮。仙台市宮城野区榴ヶ岡。

ずと云へり。

みちのくにありといふなる名取川なき名とりては苦しかりけり（壬生忠岑・古今集・恋三）

名取川瀬々の埋木あらはればいかにせむとかあひ見そめけむ（不知・古今集・恋三）

名取川岸の紅葉のうつる影はおなじ錦を底にさへ敷く（西行法師・山家集・雑）

宮城野のもとあらの小萩露を重み風を待つごと君をこそ待て（不知・古今集・恋四）

宮城野の露吹きむすぶ風の音に小萩がもとを思ひこそやれ（源氏物語・桐壺）

みさぶらひ御笠と申せ宮城野の木の下露は雨にまされり（古今集・大歌所御歌・陸奥歌）

とりつなげ玉田横野の放れ駒つつじが岡にあせみ花咲く（源俊頼・松島眺望集）

みちのくの十符の菅菰七符には君を寝させて三符にわが寝ん（不知・袖中抄）

一五　紺の染緒つけたる草鞋　切緒草鞋《きりおわらじ》。紺に染めた鼻緒の草鞋。紺色は蝮《まむし》よけになるという。

一六　風流のしれもの　風雅に徹した人物。「しれもの」は愚かな者を意味するが、ここは共感の気持ちをこめる。

一七「あやめ艸」句解　家々の軒に差してある菖蒲を見ながら、旅人の自分は菖蒲色に似た紺の染め緒を結んで前途の安全を祈ろう、という句。加右衛門への感謝の気持ちをこめる。季語は「あやめ艸」で夏。

一八　おくの細道　仙台市宮城野区岩切の今市橋の架かる七北田《ななきた》川に沿って国府多賀城に至る古道。江戸時代に再整備された。東光寺参道入口に「おくの細道」と刻む石碑がある。

一九　十符の菅　「符」は節で、編み目が十筋もある菅菰《すがごも》を作ることができる長い菅、の意。当時も伊達家に献上していたらしく『曽良旅日記』の名勝備忘録に「田ノキワニスゲ植テ有。貢ニ不足スル故近年植ル也」とある。歌枕。

一七　壺《つぼ》の碑《いしぶみ》

壺碑《つぼのいしぶみ》[一]　市川村《いちかはむら》多賀城に有り

つぼの石ぶみは高サ六尺餘、横三尺斗《ばかり》歟《か》。苔《こけ》を穿《うが》ちて文字《もじ》幽也《かすかなり》。四維《しゆい》[二]国界の数里《すり》をしるす。「此《こ》の城、神亀《じんき》[三]元年、按察使《あぜち》[四]鎮守府《ちんじゆふ》[五]将軍大野朝臣東人《おほののあそんあづまひと》[六]之所置也《のおくところなり》。天平宝字《てんぴやうほうじ》[七]六年参議《さんぎ》[八]東海東山節度使《とうかいとうせんせつどし》[九]同《おなじく》　将軍《しやうぐん》恵美朝臣《ゑみのあそん》[一〇]　獦《あさかり》　修造《しゆざう》而、十二月朔日《ついたち》」と有り。聖武皇帝《しやうむくわうてい》[一一]の御時《おほんとき》に当《あた》れり。

むかしよりよみ置ける哥枕《うたまくら》[一二]おほく語傳《かたりつた》ふといへども、山崩《くづ》れ川流れて道あらたまり、石は埋《うづも》れて土にかくれ、木は老いて若木《わかき》にかはれば、時《とき》移り代《よ》変じて、其《そ》の跡たしかならぬ事《こと》のみを、爰《ここ》[一三]に至りて疑ひなき千歳《せんざい》[一四]の記念《かたみ》、

一七　壺の碑

一　壺碑　征夷大将軍の坂上田村麿《さかのうえのたむらまろ》が蝦夷を征伐した際に、弓弭《ゆはず》で「日本の中央のよし」（袖中抄）と刻んだと伝える古碑。実物は今も不明だが、江戸時代に今の宮城県多賀城市市川で発見された多賀城碑を、伊達藩の意向で「壺碑」と付会して以後、長くこれが信じられてきた（松島眺望《ちようぼう》集）。芭蕉も当時の一般的理解を信じて見学した。歌枕。

二　四維国界の数里　四方の国境までの距離。「四維」は四隅のこと。「数里」は里数で距離。

三　神亀元年　聖武天皇即位元年（七二四）。この年に陸奥国府内に鎮守府を置き、初めて将軍を派遣した（北畠親房『職原抄《しよくげんしよう》』）。

四　按察使　地方官の監督や民情視察を行なう役職。養老三年（七一九）に諸国に置かれ七〇年あまりで廃絶したが、陸奥・出羽両国は残された（続《しよく》日本紀）。

五　鎮守府　陸奥・出羽地方の蝦夷の反乱を鎮める目的で置かれた役所。多賀城から岩手の胆沢城・平泉へと移した。

六　大野朝臣東人　奈良時代の武将で、蝦夷征伐

今眼前《がんぜん》に古人《こじん》の心を閲《けみ》す。[一五] 行脚《あんぎや》の一徳《いつとく》、存命《ぞんめい》[一六]の悦《よろこ》び、羇《き》旅《りよ》の労《らう》をわすれて、泪《なみだ》も落つるばかり也《なり》。

むつのくのおくゆかしくぞ思ほゆる壺のいしぶみ外の浜風（西行法師・山家集）

思ふことといなみちのくのえぞ言はぬ壺のいしぶみ書き尽くさねば（僧慈円・拾玉集）

多賀城碑覆堂《おおいどう》（壺の碑）

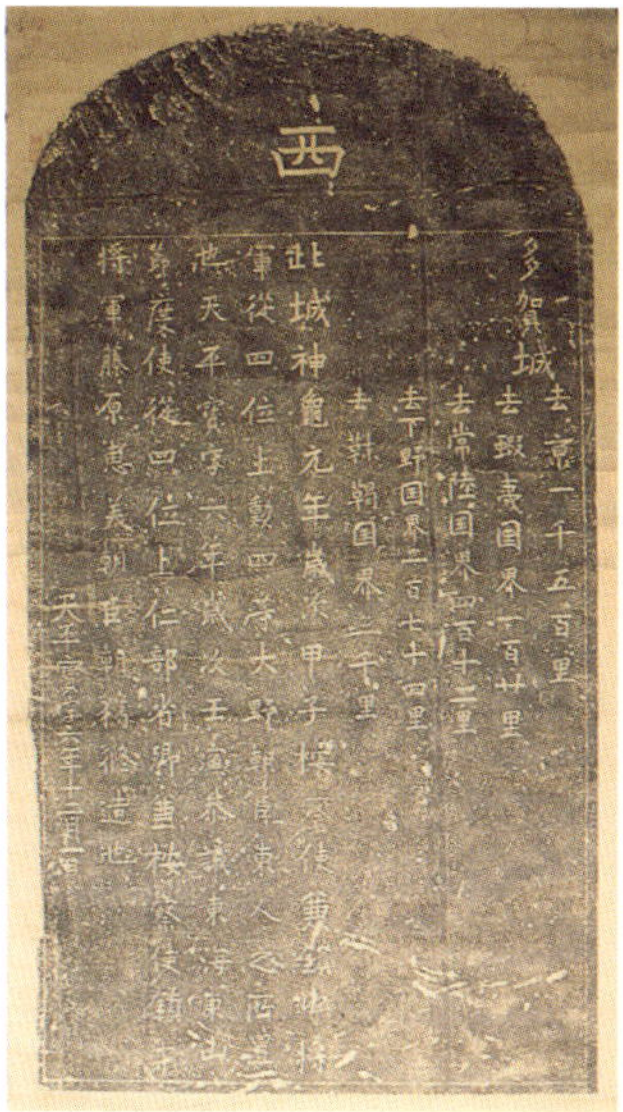

多賀城碑拓本

を果たし多賀城を築いた。「朝臣」は姓《かばね》という豪族の地位を示す称号の第二位。

七 天平宝字六年 淳仁《じゆんにん》天皇の御代。西暦七六二年。

八 参議 律令制で国政を統括する太政官《だいじようかん》の職名。大臣、大・中納言に次ぐ要職。

九 東海東山節度使 東海道・東山道諸国の軍事を管理する役職。

一〇 恵美朝臣獦 「恵美朝臣朝獦」が正しい。朝獦は恵《え》美《み》押勝《おしかつ》（藤原仲麻呂）の子で、鎌足の孫。天平宝字四年（七六〇）に陸奥国の按察使兼鎮守府将軍、同六年には参議になるが、二年後に父の謀叛《むほん》に連座して誅《ちゆう》せられた。

一一 聖武皇帝 第四十五代天皇。ただし建碑の

みちのくのいはでしのぶはえぞ知らぬ書き尽くしてよ壺のいしぶみ（源頼朝・拾玉集）

天平宝字六年（七六二）は第四十七代淳仁天皇の御代。

一二 哥枕　原義は歌を詠む際の典拠を示した

一八　末《すゑ》の松山《まつやま》・塩竈《しおがま》の浦《うら》

それより[一]野田《のだ》の玉川《たまがは》・[二]沖《おき》の石《いし》を尋ぬ。[三]末《すゑ》の松山《まつやま》は寺を造りて[四]末松山《まつしようざん》といふ。松のあひ〳〵皆《みな》墓はらにて、[五]はねをかはし枝をつらぬる契《ちぎり》の末も、終《つひ》にはかくのごときと、悲しさも増《まさ》りて、[六]塩《しほ》がまの浦に[七]入相《いりあひ》のかねを聞く。

歌語便覧だが、のちには和歌に読み込まれた名所をいう。

一三 爰に至りて　曽良本は「爰至りて」。

一四 千歳の記念　千年の昔を伝える記念物。

一五 閲す　あらため見る・調べる、の意。

一六 存命の悦び　生き長らえて得た喜び。

一八　末の松山・塩竈の浦

一　野田の玉川　宮城県塩竈市の南から多賀城市の留ヶ谷・中央をぬけて砂押川に注ぐ。古来歌枕として著名な、井手の玉川（山城）・野路の玉川（近江）・野田の玉川（陸奥）・調布《たづくり》の玉川（武蔵）・高野の玉川（紀伊）・三島の玉川（摂津）の六か所を総称して六玉川《むたまがわ》という。野田の玉川はその一つ。能因の和歌で名高い。当時は「廃地ト為リテ、唯野田ノ溝渠《こうきょ》ヲ遺《のこ》スノミ」（奥羽観蹟聞老志）であった。

二　沖の石　多賀城市八幡。二条院讃岐の和歌に

五月雨《さみだれ》の空聊《いささ》かはれて、夕月夜《ゆふづくよ》幽《かすか》に、[八]籬《まがき》が嶋《しま》もほど近し。[九]蜑《あま》の小舟《をぶね》こぎつれて、肴《さかな》わかつ聲〱《こゑごゑ》に、「つなでかなしも」とよみけん心もしられて、いとゞ哀《あは》れ也《なり》。其《そ》の夜《よ》、[一〇]目盲法師《めくらほふし》の琵琶《びは》をならして[一一]奥上《おくじやう》るりと云《い》ふものをかたる。[一二]平家《へいけ》にもあらず、[一三]舞《まひ》にもあらず、ひなびたる調子《てうし》うち上《あ》げて、[一四]枕ちかうかしましけれど、さすがに[一五]邊土《へんど》の遺風《ゐふう》忘れざるものから、[一六]殊勝《しゆしよう》に覚えらる。

夕されば潮風越してみちのくの野田の玉川千鳥鳴くなり（能因法師・新古今集・冬）

わが袖は潮干に見えぬ沖の石の人こそ知らね乾く間もなき（二条院讃岐・千載集・恋二）

君をおきてあだし心をわが持たば末の松山波も越えなむ（古今集・大歌所御歌・陸奥歌）

契りきなかたみに袖をしぼりつつ末の松山波越さじとは（清原元輔・後拾遺集・恋四）

付会して伊達藩が設定した新しい歌枕。『曽良旅日記』名勝備忘録にいう「興井」で、『陸奥鵆』にも「八幡村百姓の裏に興の井有。三間四方の岩、廻りは池也。処の者は沖の石と云」とある。北方一〇〇メートル先にある末の松山とともに、当時は海が近かった。

三 末の松山　多賀城市八幡。『古今集』大歌所御歌・陸奥歌ほかの和歌で知られる歌枕。隣接する宝国寺の墓地の丘に連理の枝を模した松がある。

四 末松山　末松山宝国寺。瑞巌寺の末寺。

五 はねをかはし枝をつらぬる契　白楽天「長恨歌」に「天ニ在ラバ願ハクハ比翼《ひよく》ノ鳥ト作《な》ラン。地ニ在ラバ願ハクハ連理ノ枝ト為《な》ラン」（天和三年板『古文前集』）、『源氏物語』桐壺に「朝夕のことぐさに、はねを並べ枝をかはさむと契らせたまひしに……」とある。

六 塩がまの浦　塩竈湾。松島湾の南端にあたる。歌枕として知られ、千賀の浦・千賀の塩竈ともいう。

七 入相のかね　「入相」は日の入るころ。日暮れ時に寺でつく鐘。晩鐘。

八 籬が嶋　塩竈湾内にある小島。歌枕。

沖の石

末の松山

塩竈の浦吹く風に霧はれて八十島かけてすめる月影（藤原清輔・千載集・秋上）

わが背子を都にやりて塩竈の籬の島のまつぞ恋しき（古今集・大歌所御歌・陸奥歌）

みちのくはいづくはあれど塩竈の浦漕ぐ舟の綱手かなしも（古今集・大歌所御歌・陸奥歌）

九　蜑の小舟こぎつれて〜　「蜑の小舟」は、漁師の乗る小さな舟。「みちのくはいづくはあれど塩竈の浦漕ぐ舟の綱手かなしも」（古今集・大歌所御歌・陸奥歌）および、「世の中は常にもがもな渚漕ぐ海人の小舟の綱手かなしも」（源実朝・新勅撰集・羇旅）を踏む。

一〇　目盲法師　盲目の琵琶法師。僧形の旅芸人

籬が島

で、琵琶を奏でて物語を語るのを渡世とする。

一一　奥上るり　奥浄瑠璃。古浄瑠璃の一種で義経伝説が多い。仙台藩の庇護《ひご》を受けて、仙台浄瑠璃、御国浄瑠璃ともいう。

一二　平家　平家琵琶（平曲）のこと。中世から近世にかけて、琵琶法師は『平家物語』を多く語った。

一三　舞　幸若舞《こうわかまい》。室町時代に、桃井幸若丸が始めた舞曲。軍記物を扱い、曲節は仏教の声明《しょうみょう》に似る。

一四　枕ちかうかしましけれど　寝ている枕元にやかましく聞こえてきたけれども、の意。

一五　邊土の遺風　片田舎に昔ながらに残る文化。曽良本は「辺国の遺風」。

一六　ものから　本来逆接の助詞を、「であるから」と順接に用いる近世の用例。

一九　塩竈明神《しおがまみやうじん》

早朝《さうてう》[一]塩がまの明神《みやうじん》に詣《まう》づ。国守再興《こくしゆさいこう》[二]せられて、宮柱《みやばしら》[三]ふとしく彩椽《さいてん》[四]きらびやかに、石の階《きざはし》[五]九仞《きうじん》に重なり、朝日[六]あけの玉がきをかゝやかす。かゝる道の果塵土《はてぢんど》[七]の境《さかひ》まで、神霊《しんれい》[八]あらたにましますこそ吾《わ》が国の風俗《ふうぞく》なれと、いと貴《たふと》けれ。

塩竈神社石鳥居

和泉三郎寄進の宝塔

一九　塩竈明神

一　塩がまの明神　塩竈神社。陸奥国一の宮。宮城県塩竈市一森山。多賀城に置かれた国府の精神的な支えとして、平泉の藤原氏や仙台の伊達氏の崇敬が厚かった。

二　国守再興　慶長十二年（一六〇七）、藩主伊達政宗が修造している。

三　宮柱ふとしく　神社の柱を太く立派につくり、の意。四段活用動詞「太敷く」を形容詞「太し」に混用した用例。

四　彩椽きらびやかに　「椽」は軒にわたして屋↙

神前《しんぜん》に[九]古き宝燈《はうとう》有り。かねの戸びらの面《おもて》に、「文治《ぶんぢ》三年和泉三郎《いづみのさぶらう》寄進《きしん》」と有り。五百年来《ごひやくねんらぃ》の俤《おもかげ》、今目の前にうかびて、[一〇]そゞろに珍し。渠《かれ》は勇義忠孝《ゆうぎちゆうかう》の士《し》也《なり》。[一一]佳命《かめぃ》今に至《いた》りてしたはずといふ事《こと》なし。誠《まこと》に、「[一二]人能《よ》く道を勤《つと》め、義《ぎ》を守るべし。名もまた是《これ》にしたがふ」と云《い》へり。

日《ひ》既《すで》に午《ご》にちかし。船をかりて松嶋《まつしま》にわたる。其《そ》の間《あひ》二里《にり》餘《よ》、[一三]雄嶋《をじま》の礒《いそ》につく。

根の裏板を支える材。その美しさの描写として「彩椽」という造語を用いた。

五　石の階九仭に重なり　「仭」は約二メートル。「九仭」きわめて高い様子。表参道は二〇二段の急傾斜な石段が伸びている。

六　あけの玉がきをかゝやかす　「あけ」は黄味を帯びた赤、「玉がき」は玉垣で、神社の垣根をいう。謡曲に用例多く「朱の玉垣かかやきて」（龍田）・→「朱の玉垣かかやける」（道明寺）などとある。

七　塵土の境　この世の果て、の意。「塵土」は浄土に対する現世（仮の世）で、「幻のちまた」（千住）・「濁世塵土」（日光山）と同じ意。

八　あらたに　「あらたかに」に同じ。霊験《れいげん》のいちじるしいこと。

九　古き宝燈　藤原忠衡《ただひら》が寄進した鉄製の灯籠。左扉に太陽、右に月を打ち抜きにし、右上端に「奉寄進」、左端に「文治三年七月十日和泉三郎忠衡敬白」と刻む。文治三年（一一八七）二月には源義経が陸奥に逃れ、十月には秀衡没。忠衡は父の遺命を守って義経をかくまい、兄泰衡が頼朝に屈して義経を攻めたときも、義経に味方して戦い、ついに自刃《じじん》した。『松島眺望集』に「神前にたけ一丈一尺の鉄塔あり。（略）再興寛文年中、仙台堺屋宗心、荘厳美なり」とある。

一〇　そゞろに　ただもうむやみに、の意。

一一　佳命　よい評判を意味する「佳名」のつもり。

一二　人能く道を〜　人の道にかなう行いをし、節義を守れば、おのずから名声もついてくる、の意。

一三　雄嶋の礒に　曽良本は「小しまの礒に」。

二〇　松島

抑《そもそも》[一]ことふりにたれど[二]松嶋《まつしま》は扶桑第一《ふさうだいいち》の好風《かうふう》にして、[三]凡《およ》そ洞庭《とうてい》・西湖《せいこ》を恥《は》ぢず。東南より[四]海を入れて、江《え》の中《うち》三里、[五]浙江《せつかう》の潮《うしほ》をたゝふ。[六]嶋《しま》〴〵《じま》の数を尽《つく》して、欹《そばだ》つものは天を指《ゆびさ》し、ふすものは波に匍匐《はらば》ふ。あるは二重《ふたへ》にかさなり三重《みへ》に畳《たた》みて、左にわかれ右につらなる。負《お》へるあり抱《いだ》けるあり、[七]児孫《じそん》愛すがごとし。松の緑こまやかに、[八]枝葉《しえふ》汐風《しほかぜ》に吹きたはめて、[九]屈曲《くつきよく》おのづからためたるがごとし。其《そ》の景《け》色《しき》[一〇]窅然《えうぜん》として、[一一]美人《びじん》の顔《かんばせ》を粧《よそほ》ふ。[一二]ちはや振《ふ》る神のむかし、[一三]大山《おほやま》ずみのなせるわざにや。[一四]造化《ざうくわ》の天工《てんこう》、いづれの人か筆をふるひ詞《ことば》を尽《つく》さむ。

二〇　松島

一　ことふりにたれど　言い古されたことであるが、の意。「いひつゞくればみな源氏物語・枕草子などにことふりにたれど、おなじことまた今さらに言はじとにもあらず」（徒然草・十九）。

二　松嶋は扶桑第一の好風にして　「松嶋」は宮城県仙台市東方の湾。島々と海岸一帯の景勝地。歌枕。深川出庵時に「松嶋の月先づ心にかゝり」と書いた、この旅の目的地の一つ。「好風」は好風景をかつて中国で日本をこう呼んだ。「扶桑」は省略したもの。『松島眺望集』の巻頭に「夫レ松島ハ天下第一之好風景ニシテ、瑞巌ハ日本無双之大伽藍也」（鐘之銘）とある。「蓋シ松嶋ハ者、日本第一ノ佳境也。」ともある。

三　洞庭・西湖を恥ぢず　「洞庭」は中国湖南省の北部にある中国第一の大湖。古来、風光明媚な地として詩画に描かれ、例えば、杜甫の「登ル二岳陽楼ニ一」に「昔聞ク洞庭ノ水、今上ル岳陽楼、呉楚東南ニ坼ケ、乾坤日夜浮ブ」などとある。当時はトウテイと清音に読む。「西湖」は中国浙江《せつこう》省杭州《こうしゅう》市の西にある湖。古来著名な景勝地で、例えば、蘇東坡《そとうば》の「飲ス二

[一五]雄嶋《をじま》が礒《いそ》は地《ち》つゞきて、海[一六]に出《い》でたる嶋也《しまなり》。[一七]雲居禅師《うんごぜんじ》の別室《べつしつ》の跡・坐禅石《ざぜんせき》など有《あ》り。将《はた》、松の木陰《こかげ》に世[一八]をいとふ人も稀〳〵《まれまれ》見え侍《はべ》りて、[一九]落穂《おちぼ》・松笠《まつかさ》など打ちけぶりた

（上）松島、（下）松島図（蝶夢著『芭蕉翁絵詞伝』）

湖上ニ「初晴後雨」の第二首は「若シ把リテ[二]西湖ヲ[一]比セバ[二]西子ニ[一]、淡粧濃抹両《ツナガラ》相宜シ」などと春秋時代の越の美女西施《せいし》になぞらえる（「西子」は「西施」に同じ）。

四 海を入れて　海が入りこんで、の意。

五 浙江の潮をたゝふ　「浙江」は杭州湾に注ぐ大河。杉村友春『温故日録』の「初塩」の条に「浙江ハ杭州ノ銭塘《セントウ》ニアリ、銭塘江ノ潮トモ云」とあり、満潮時と干潮時の差が奇観をなすことで有名。

六 嶋〳〵の数を尽して　島が数え切れないくらいたくさんある、の意。

七 児孫愛すがごとし　子や孫が仲良く暮らすような姿である。杜甫の「望嶽」に「諸峯羅立シテ似タリ[二]児孫ニ[一]」とある。

八 汐風に吹きたはめて　潮風に吹き曲げられて。

九 屈曲おのづから～　枝ぶりは自然のまま（ながら）、人為的に曲げたような見事さである、の意。

一〇 窅然として　「窅然たり」は、ほれぼれ、うっとりするさま。『荘子《そうじ》鬳斎口義《けんさいくぎ》』巻一内篇逍遥遊

る草の菴《いほり》、二〇閑《しづか》に住み・なし、いかなる人とはしられずながら、先《ま》づ・なつかしく立寄《たちよ》る・ほどに、月《つき》海にうつりて、昼のながめ又《また》あらたむ。二一江上《かうしやう》に帰りて宿を求む・れば、二二窓をひらき二階《にかい》を作りて・、二三風雲《ふううん》の中に旅寐《たびね》するこそ、あやしきまで妙《たへ》なる心地《ここち》はせらるれ。

二四松嶋や鶴に身をかれほとゝぎす　曽良

予《よ》は口をとぢて、眠らんとしていねられず。二五旧庵《きうあん》をわかるゝ時、二六素堂《そだう》松嶋の詩《し》あり、二七原安適《はらあんてき》二八松がうらしまの和哥《わか》を贈《おく》らる。袋《ふくろ》を解《と》き・てこよひの友とす。且《かつ》、二九杉風《さんぷう》・濁子《ぢよくし》が発句《ほつく》あり。

松島や雄島の磯にあさりせし海人の袖こそかくは濡れしか（源重之・後拾遺集・恋四）

心ある雄島の海人の袂かな月宿れとは濡れぬものから（宮内卿・新

に「窅然《トシテ》其《ノ》天下喪《ヲわすル》焉」とある。

一一　美人の顔を粧ふ　「洞庭・西湖に恥ぢず」の項にあげた蘇東坡の「飲《ス》二湖上《ニ》一初晴後雨」に描かれる西施を念頭におく。

一二　ちはや振る　神・社・人などにかかる枕詞。当時「振る」は清音。

一三　大山ずみ　大山祇神《おおやまつみのかみ》。「ずみ」は「つみ」が正しいが、当時ヅミと濁音にも読まれたことによる誤記。イザナギ・イザナミ二神の子。「室の八島」に説く木花開耶姫《このはなさくやびめ》の父で、山をつかさどる神。

一四　造化の天工　神わざによって生まれた結果、の意。「造化」は天地万物の創造者。造物主。また造り出された宇宙・自然をもいう。「天工」は神わざ。

一五　雄嶋が礒は地つゞきて　歌枕。当時もいまも渡月橋で結ばれて、地続きではない。

一六　海に出でたる嶋也　海に突き出ている嶋である、の意。曽良本は「海に成出たる嶋也」。

一七　雲居禅師の別室の跡　雲居禅師は初代藩主伊達正宗の遺命に応えて、京都妙心寺から下り、瑞巌寺を中興した。『曽良旅日記』に「雲居ノ↙

古今集・秋上）
松島や潮汲む海人の秋の袖月はもの思ふならひのみかは（鴨長明・新古今集・秋上）
立ち帰りまたも来て見む松島や雄島の苫屋波に荒らすな（藤原俊成・新古今集・羇旅）
音に聞く松が浦島けふぞ見るむべも心ある海人は住みけり（素性法師・後撰集・雑）
波間より見えしけしきぞ変はりぬる雪降りにけり松が浦島（顕昭法師・千載集・冬）

坐禅堂有」、また『松島眺望集』に「把不住軒《はふじゅうけん》とて雲居和尚禅堂あり」とある。

一八　世をいとふ人　俗世間を離れた隠遁者。『曽良旅日記』に「北ニ庵有、道心者住ス」とある。「須賀川」の「栗の木陰をたのみて、世をいとふ僧」を想起させる。

一九　落穂・松笠など打ちけふりたる　落穂や松笠などを焼く煙が立ちのぼっている、の意。

二〇　閑に住みなし　「閑」は悟道をめざす者の心掛け。

二一　江上に帰りて　入江のほとりに戻り、の意。

二二　窓をひらき二階を作りて　海に向けて開き窓のある家で、二階建てになっていて、の意。

二三　風雲の中に旅寐する　大自然に包まれて旅寝する、の意。

二四　「松嶋や」句解　絶景の松島には鶴が似合いなので、姿だけは鶴の衣を借りてはどうか、と時鳥に呼びかけた句。句意も、曽良に詠ませたことも、続く「予は口をとぢて眠らんとしていねられず」を導くための工夫。土芳《どほう》の『三冊子』に「師のいはく、絶景にむかふ時はうばはれて不叶。(略)師、まつ嶋にて句なし。大切の事也」とある。季語は「ほとゝぎす」で夏。

二五　旧庵をわかるゝ時　江東深川の芭蕉庵を旅立つとき、の意。

二六　素堂　山口信章。甲斐国（いま山梨県）から江戸に出て、芭蕉が深川に隠栖《いんせい》する以前に上野不忍池に閑居し、漢詩・俳諧に巧みであった。「松嶋の詩」は未詳。

二七　原安適　医師。江戸の地下《じげ》歌壇で有数の歌人。

二一　瑞巌寺《ずいがんじ》

十一日、瑞岩寺《ずゐがんじ》[一]に詣《まう》づ。当寺《たうじ》三十二世の昔、真壁《まかべ》[二]の平《へい》

(上)雄島、(下)雄島の句碑――朝よさを誰まつしまぞ片心(左)、松島や鶴に身をかれほとゝぎす　曽良(右)

二八　松がうらしま　宮城郡七ヶ浜町。「松がうらしまの和歌」は未詳。『枕草子』の類想段落「島は」に「島は八十島、浮島、たはれ島、絵島、松が浦島、豊浦の島、籬の島」とある。歌枕。『曽良旅日記』名勝備忘録に「松賀浦島　塩竈辰巳ノ方、所ニハ松ガ浜ト云」と記す。

二九　杉風・濁子が発句あり　杉風は「深川出庵」の注を参照。濁子は中川甚五兵衛。美濃国大垣戸田藩士で、当時は江戸詰め。俳諧は蕉門で、絵にも通じた。曽良本は「杉風濁子発句有り」。

二一　瑞巌寺

一　瑞岩寺　青竜山円福瑞巌禅寺。宮城県宮城郡松島町。古くから「巌」を「岩」とも書いた。臨済宗妙心寺派。慈覚大師創建時は天台宗だが、何

四郎《しらう》出家《しゆつけ》して入唐《につたう》、帰朝《きてう》の後《のち》開山《かいさん》す。其《そ》の後に雲居禅師の徳化[三]に依《よ》りて、七堂甍《しちだういらか》[四]改《あらたま》りて、金壁荘厳《こんぺきしやうごん》[五]光を輝《かかや》かし、仏土成就《ぶつどじやうじゆ》[六]の大伽藍《だいがらん》とはなれりける。彼《か》の見仏聖《けんぶつひじり》[七]の寺はいづくにやとしたはる。

瑞巌寺総門 扁額に「桑海禅林」の文字

度かの曲折を経て禅宗に改め、近世初頭に伊達政宗が寺院を造営して、伊達家の菩提《ぼだい》所となる。

二 真壁の平四郎 法身和尚の俗名。出身地の真壁は常陸国（茨城県筑西市明野町）。鎌倉時代の人で、出家入宋して、瑞巌寺の前身である松島寺の住職となり、禅宗に改めて松島山円福寺とした。「三十二世」は二十九世が正しく、芭蕉訪問当時は開山と考えられていた。

三 徳化 高徳による感化。

四 七堂 禅宗では仏殿・法堂・僧堂・庫院《くいん》（庫裡《くり》）・浴室・三門（山門）・東司《とうす》をいう。

五 金壁荘厳 金箔を置いた装飾。

六 仏土成就の大伽藍 極楽浄土を現世に出現させた大寺院。

七 見仏聖 平安時代後期の高僧。西行作と信じられていた『撰集抄』巻三の「松嶋ノ上人ノ事」に、西行が見仏上人を慕って松島の雄島を訪ね、その寺に二か月あまり住んだという話がある。

二二　石巻《いしのまき》

十二日、平和泉《ひらいづみ》[一]と心ざし、あねはの松[二]・緒《を》だえの橋《はし》[三]など聞傳《ききつた》へて、人跡稀《じんせきまれ》に雉兎蒭蕘《ちとすうぜう》[四]の往《ゆ》きかふ道そこともわかず[五]、終《つひ》に路《みち》ふみたがえて[六]、石《いし》の巻《まき》[七]といふ湊《みなと》に出《い》づ。「こがね花咲く」[八]とよみて奉《たてまつ》りたる金花山《きんくわさん》[九]、海上《かいしやう》に見わたし、数百《すはく》の廻船《くわいせん》入江《いりえ》につどひ、人家《じんか》地をあらそひて竈《かまど》[一〇]の煙立ちつゞけたり。思ひがけず斯《かか》る所にも来《きた》れる哉《かな》と、宿からんとすれど、更《さら》に宿かす人なし。漸《やうやう》[一一]まどしき小家《こいへ》に一夜《いちや》をあかして、明くれば又《また》しらぬ道まよひ行く。袖《そで》[一二]のわたり・尾《を》ぶち[一三]の牧《まき》・まのゝ[一四]萱《かや》はらなどよそめ[一五]にみて、遙《はる》かなる堤《つつみ》を行く。心細き長沼《ながぬま》にそ

二二　石巻

一　**平和泉**　平泉。「平和泉」とも書いた。岩手県西磐井《いわい》郡平泉町。奥州藤原氏三代（清衡・基衡・秀衡）の栄華の地で、源義経の古跡。源頼朝に征服されて衰微した。

二　**あねはの松**　宮城県栗原市金成《かんなり》姉歯。『伊勢物語』十四段で有名な歌枕で、『義経記』にも引かれる。植え継がれて今日に至る。

三　**緒だえの橋**　大崎市古川三日町。物語や古歌に詠まれて著名な歌枕。

四　**雉兎蒭蕘**　猟師や木樵《きこ》り。「雉兎」は雉子や兎をとる人。「蒭」は牧草を刈る人で、「蕘」は薪をとる人。『孟子』梁恵王下に「文王之囿《そのハ》方七十里。蒭蕘《ノ》者《モ》往《キ》焉、雉兎《ノ》者《モ》往《ク》焉」とある。

五　**そこともわかず**　どこが道やらはっきりわからない、の意。

六　**路ふみたがえて**　緒絶えの橋を詠む歌の「踏みまどひ」「ゆき迷ひ」という修辞を取り入れ、平泉までの心細い旅程を演出したもの。

七　**石の巻**　宮城県石巻市。北上川河口の両岸にまたがる、当時は仙台藩最大の漁港で、交易の基地。

ふて、一六戸《と》伊《い》摩《ま》と云《い》ふ所に一宿《いつしゆく》して、平泉に到《いた》る。一七其《そ》の間《あひ》
廿余里《にじふより》ほど丶おぼゆ。

栗原のあねはの松の人ならば都のつとにいざと言はましを（伊勢物語・十四）

妹背山深き道をば尋ねずて緒絶えの橋に踏みまどひける（源氏物語・藤袴）

みちのくの緒絶えの橋やこれならん踏みみ踏まずみ心まどはす（藤原道雅・後拾遺集・恋三）

姉歯の松

八　こがね花咲く　大伴家持の「天皇《すめろき》の御代栄えむと東《あづま》なるみちのく山に金《くがね》花咲く」（万葉集・巻十八）による記述。聖武天皇の時代に、陸奥国から初めて金が産出された際の祝い歌。

九　金花山　金華山。牡鹿半島の東南端にある島。ただし石巻からは見えない。『曽良旅日記』名勝備忘録にある「仙台よりモ見ユル。石ノ巻・松嶋よりハ猶《なほ》近ク見ユル。高山也。嶋也」という体験をもとに創作したもの。歌枕。

一〇　竈の煙立ちつゞけたり　仁徳天皇の「高き屋に登りて見れば煙立つ民のかまどはにぎはひにけり」（新古今集）による記述か。

一一　まどしき　貧しい、の意。

一二　袖のわたり　石巻市住吉町。『新後拾遺集』の相模《さがみ》の歌による歌枕。『曽良旅日記』に「石ノ巻町ハヅレ、住吉ノ社有。鳥居ノ前、真野ノ方へ渡ルワタシ也」とある。「住吉ノ社」は大島神社。

一三　尾ぶちの牧　尾駮《おぶち》の牧《まき》。石巻市湊《みなと》字牧山。『後撰集』の読み人知らずの歌などによる歌枕。『曽良旅日記』名勝備忘録に「石ノ巻ノ向、牧山ト云山有。ソノ下也」とある。日和山公園の対岸にあ

緒絶えの橋

石巻港の賑わい

真野の萱原

しるべなき緒絶えの橋にゆき迷ひまたいまさらのものや思はん（藤原定家・拾遺愚草）

みちのくの袖の渡りの涙川心のうちに流れてぞすむ（相模・新後拾遺集・恋一）

みちのくの尾ぶちの駒も野飼ふには荒れこそまされなつくものかは（不知・後撰集・雑四）

たる。

一四 まのゝの萱はら　真野の萱原。石巻市真野字萱原。『万葉集』の笠女郎《かさのいらつめ》の和歌などによる歌枕。『曽良旅日記』名勝備忘録に「石巻ノ近所、壱《いち》リ半程有山ノ間也。袖ノ渡リヲ越行也」とあるが、実際は約二里半（約一〇キロメートル）。

一五 よそめにみて　遠くにながめやりながら、↑

みちのくの真野の萱原遠けども面影にして見ゆといふものを（笠女郎・万葉集・巻三）の意。

一六 戸伊摩 登米《とめ》市登米町《とよま》。北上川中流域にあ→

二三　平　泉

三代《さんだい》[一]の栄耀《ええう》一睡《いつすい》[二]の中《うち》にして、大門《だいもん》[三]の跡《あと》は一里こなたに有《あ》り・。秀衡《ひでひら》[四]が跡は田野《でんや》に成《な》りて・、金鶏山《きんけいざん》[五]のみ形を残す。先《ま》づ・高舘《たかだち》[六]にのぼれば、北上川《きたかみがは》[七]南部《なんぶ》[八]より流る、大河《たいが》也《なり》。衣《ころも》[九]川《がは》は和泉《いづみ》[一〇]が城《じやう》をめぐりて、高舘の下《もと》にて大河に落入《おちい》る・。康衡《やすひら》[一一]等が旧跡《きうせき》は、衣《ころも》が関《せき》[一二]を隔《へだ》て・て南部口《なんぶぐち》をさし堅《かた》め、夷《えぞ》をふせぐとみえたり。偖《さて》も義臣《ぎしん》[一三]すぐつて此《こ》の・城《じやう》にこもり、功名一時《こうめいいちじ》の叢《くさむら》となる。「国《くに》[一四]破れて山河《さんが》あり。城《じやう》春にして

たる。当時は三代藩主綱宗の子、伊達大蔵村直の領地。『曽良旅日記』に「戸いま」「戸今」などと書く。

一七 其の間 松島から平泉までの距離。実際は二十六里（約一〇四キロメートル）程度という。

二三　平泉

一 三代の栄耀 藤原清衡《きよひら》・基衡《もとひら》・秀衡《ひでひら》三代の栄耀栄華。清衡は寛治三年（一〇八九）陸奥押領使《おうりようし》となって平泉に京都の文化を移植をして中尊寺を造立、基衡・秀衡の二代で毛越寺《もうつうじ》の再建を果たす。また宇治の平等院を模して造られた無量光院は無量光仏（阿弥陀仏）を中心に配した毛越寺の新院であった。鎮守府将軍・陸奥守として君臨した藤原氏であったが、秀衡の子泰衡の代に頼朝に滅ぼされた。

二 一睡の中にして 「一炊の中」が正しい。ただし「一炊」と「一睡」は混用され、『下学集《かがくしゅう》』（元和本）に「一炊ノ夢　日本ノ俗、推量ニ炊ヲ為スレ睡ト」とある。人生の富貴・功名のはかないたとえで、原話は「邯鄲《かんたん》の夢」という故事。中国の邯鄲とい

草《くさ》青みたり」と、笠打敷《かさうちし》きて、時のうつるまで泪《なみだ》を落《おと》し侍《はべ》りぬ。

一五 夏《なつ》草《くさ》や兵《つはもの》どもが夢の跡

一六 卯《う》の花《はな》に兼《かね》房《ふさ》みゆる白毛《しらが》かな

曽良

北上川を望む

南大門(毛越寺)跡

高館(義経堂《ぎけいどう》)

う都で、盧生《ろせい》という青年が、栄華が意のままになる枕を借りて寝たところ、その通りになったが、目覚めるとそれは粟飯が炊きあがる程度の短い時間であったという話。謡曲『邯鄲』で知られた。

三 大門の跡 岩手県西磐井郡平泉町。奥州藤原氏が政務を執った平泉館の正門の遺跡。

四 秀衡が跡 秀衡の居館である伽羅《きやら》御所の跡。

兼《かね》て[一七]耳驚《みみおどろ》かし・たる[一八]二堂開帳《かいちやう》す。経堂《きやうだう》は[一九]三将の像をのこし、光堂《ひかりだう》は三代の棺《ひつぎ》を納《をさ》め、[二〇]三尊《さんぞん》の仏を安置《あんぢ》す。[二一]七宝《しつぱう》散り・うせて、[二二]珠《たま》の扉《とびら》風にやぶれ、金《こがね》の柱霜雪《さうせつ》に朽《く》ちて・既《すで》に[二三]頽廃空虚《たいはいくうきよ》の叢《くさむら》と成《な》るべきを、[二四]四面新《しめんあらた》に囲みて・甍《いらか》を覆《おほ》

平泉館の中心をなしていた。

五　金鶏山　秀衡が平泉館の西方に、富士山に似せて築き、山頂に黄金作りの鶏を埋めた山。平泉の鎮護を目的とした。

六　高館　源義経の居館。泰衡に攻められて自害した義経最期の地。天和三年（一六八三）、伊達綱村によって中尊寺の東方、北上川に臨む丘陵に

修復前の義経像

中尊寺山門

中尊寺光堂

ひて風雨《ふうう》を凌《しの》ぎ、暫時《しばらく》二五千歳《せんざい》の記念《かたみ》とはなれり。

二六五月雨《さみだれ》の降りのこしてや光堂

袂より落つる涙はみちのくの衣川とぞ言ふべかりける（不知・拾遺集・恋二）

衣川見なれし人の別れには袂までこそ波は立ちけれ（源重之・新古今集・離別）

とりわきて心もしみて冴えぞわたる衣川見に来たる今日しも（西行法師・山家集・雑）

光堂内陣

比定され、義経堂が建てられたが、『吾妻鏡』や『義経記』は、かつて秀衡の義父藤原基成が滞在した衣河館《ころもがわのたち》を高館とする。

七 北上川　岩手県中央部から宮城県北東部を南下して、石巻湾に注ぐ、奥州第一の大河。

八 南部　平泉の北方で、盛岡を中心とする南部氏の領地の通称。

九 衣川　平泉の北を東流し、高館北で北上川に合流する川。歌枕。

一〇 和泉が城　和泉三郎忠衡《ただひら》の居館。『曽良旅日記』名勝備忘録に「衣河二方ヲ廻リ流ル。〈中略〉南部海道ノ左ノ方、山ノキワ也」とある。

一一 康衡等が旧跡　「康衡」は「泰衡」が正しいが「旧跡」は特定できない。泰衡は秀衡の二男で、父の遺命に従って義経を守ろうとするが、文治五年（一一八九）頼朝の圧力に屈して義経主従を衣河館に滅ぼす。しかし、その後泰衡も頼朝の軍勢に攻められ、敗走の途中で殺害された。

一二 衣が関　『曽良旅日記』名勝備忘録に「高館ノ後、切通シノヤウナル有リ。是也。南部海道也」とある。歌枕。

もろともに立たましものをみちのくの衣の関を余所に聞くかな（和泉式部・詞花集・別離）

一三 義臣すぐつて　忠義な臣下をえりすぐって、の意。弁慶や兼房などをさす。

一四 国破れて～草青みたり　杜甫「春望」の「国破レテ山河在リ。城春ニシテ草木深シ」を踏まえる。

一五 「夏草や」句解　「夏草や」という悠久の自然の詠嘆によって、逆に藤原三代の栄華や義経主従をしのぶ気持ちを強調する句。季語は「夏草」で夏。

一六 「卯の花に」句解　盛りの過ぎた卯の花の姿に、白髪を振り乱して戦う老武者兼房を二重写しにした句。兼房は義経の老臣増尾《ましお》十郎兼房。もと大納言久我《こが》時忠の家臣であったが、義経に嫁した時忠の娘に従って、義経の家臣になった。『義経記』によれば、高館最後の日は義経の妻子の自害に手を貸し、義経の最期を見届けて館に火を放ち、敵を小脇に抱えて猛火に飛び込むという壮絶な最期を遂げた。季語は「卯の花」で夏。

一七 耳驚かしたる　噂に聞いて驚く、の意。

一八 二堂　中尊寺の経堂と光堂（金色堂）。経堂は経文を納めるもので、藤原三代が奉納した一切経を安置する。光堂は阿弥陀堂と葬堂を兼ねたもので、四面に阿弥陀の無量光を湛える金箔を押し、当時最高の荘厳をつくすなかに、清衡・基衡・秀衡の遺骸を納めてあり、遺骸はミイラ化して現存。

一九 三将の像　正しくは「三将の経」か。『曽良旅日記』に「経堂ハ別当留主ニテ不レ開」とある。

二〇 三尊の仏　阿弥陀三尊のこと。阿弥陀如来を中央に、脇士《わきじ》として左に観世音菩薩《かんぜおんぼさつ》、右に勢至《せいし》菩薩を配する。

二一 七宝散りうせて　須弥壇《しゅみだん》の華麗な七宝の荘厳も散り失せ、の意。「七宝」は仏教のおける七つの宝。『阿弥陀経』では金・銀・瑠璃《るり》・玻璃《はり》・硨磲《しゃこ》・赤珠《しゃくしゅ》・瑪瑙《めのう》をいう。

二二 珠の扉　珠玉をちりばめたりっぱな扉。

二三 頽廃空虚の叢と成るべきを　崩れ廃れて何もない草原と化すはずだったのを、の意。

二四 四面新に囲みて　正応元年（一二八八）鎌倉七代将軍惟康親王が平貞時・宣時に命じて、覆《さや》堂《どう》を造らせたことをいう。

→二五　千歳の記念　千年もの遠い昔を今に伝えるもの、の意。

二六　「五月雨の」句解　長い歳月と五月雨を凌→いできた光堂への賛嘆と、阿弥陀如来への崇敬の念を詠んだ句。季語は「五月雨」で夏。

二四　尿前《しとまえ》の関《せき》

[一]南部《なんぶ》道遥《みちはる》かにみやりて、[二]岩手《いはで》の里《さと》に泊《とま》る。[三]小《を》黒崎《ぐろさき》・[四]みづの小嶋《こじま》を過ぎて、[五]なるごの湯より[六]尿前《しとまへ》の関《せき》にかゝりて、[七]出羽《では》の国に越えんとす。此《こ》の路旅人《たびびと》稀《まれ》なる所なれば、関《せき》守《もり》にあやしめられて、[八]漸《やうやう》として関をこす。[九]大山《たいざん》をのぼつて日既《すで》に暮れければ、[一〇]封人《ほうじん》の家を見かけて舎《やどり》を求《もと》む。三日風雨《ふうう》あれて、よしなき山中《さんちゆう》に逗留《とうりう》す。

[一一]蚤《のみ》虱《しらみ》馬の尿《しと》する枕《まくら》もと

二四　尿前の関

一　南部道遥かにみやりて　（平泉を出る際に）衣が関の北方につづく盛岡方面への街道を、心引かれる思いでながめて、の意。

二　岩手の里　宮城県大崎市岩出山。歌枕。慶長八年（一六〇三）に仙台に移るまでの伊達政宗居城の地。

三　小黒崎　大崎市鳴子温泉。歌枕。荒尾川（江合川）北岸に位置する小山で、小黒ヶ崎山という。

四　みづの小嶋　美豆の小島。歌枕。荒尾川（江合川）の中の岩の小島。『曽良旅日記』に「名生貞ノ前、川中ニ岩嶋ニ松三本、其外小木生テ有。水ノ小嶋也」とある。「名生貞」は「名生定《みょうさだ》」で、小黒ヶ崎山の南西に位置する。大崎市鳴子温泉。

五　なるごの湯　鳴子温泉。大崎市鳴子温泉。荒尾川（江合川）沿いに位置する、出羽・羽後両街道の要所で宿場。義経伝説の地。

あるじの云《い》ふ、是《これ》より出羽の国に大山を隔《へだ》てて道さだかならざれば、道しるべの人を頼みて越ゆべきよしを申す。[一二]「さらば」と云ひて人を頼み侍《はべ》れば、究竟《くつきやう》の若者《わかもの》、[一三]反脇指《そりわきざし》をよこたへ、樫《かし》の杖《つゑ》を携《たづさ》へて、我《われ》〳〵《われ》が先に立ち、

美豆の小島

封人の家（堺田・有路《あるじ》家）

山刀伐峠頂上

六　尿前の関　陸奥国伊達領で、出羽国新庄領との間の関所。『曽良旅日記』に「断《ことわり》六ケ敷也。出手形ノ用意可有之《これあるべき》也」、『陸奥《むつ》衢《ちどり》』に「しとまへの関とて、きびしく守ル」とある。荒尾川と大谷川の合流地点。

七　出羽の国　東山道八か国のうち。陸奥国とともに『おくのほそ道』最大の目的地。秋田・山形

て行く。[一四]けふこそ必《かなら》ずあやうきめにもあふべき日なれと、[一五]辛《から》き思ひをなして後《うしろ》について行く。あるじの云ふにたがはず、[一六]高山森々《かうざんしんしん》として一鳥聲《いつてう》きかず、木《こ》の下闇《したやみ》茂りあひて、夜《よ》る行くがごとし。[一七]雲端《うんたん》につちふる心地《ここち》して、篠《しの》の中踏分《ふみわ》け〳〵《ふみわけ》、水をわたり岩に蹶《つまづ》いて、肌《はだへ》につめたき汗《あせ》を流して、[一八]最上《もがみ》の庄《しやう》に出《い》づ。かの案内《あない》せしおのこの云ふやう、「此《こ》のみち必ず[一九]不用《ぶよう》の事有《ことあ》り。恙《つつが》なうをくりまいらせて仕合《しあは》せしたり」と、よろこびてわかれぬ。跡《あと》に聞きてさへ胸とゞろくのみ也《なり》。

思へどもいはでの山に年を経て朽ちや果てなん谷の埋木（藤原顕輔・千載集・恋一）

人しれぬ涙の川の水上やいはでの山の谷のした水（顕昭法師・千載集・恋一）

両県。

八 漸として　かろうじて・やっとのことで、の意。

九 大山　大きな山、の意。尿前の関から堺田へぬける出羽仙台街道中山越え。義経伝説の地。

一〇 封人の家　山形県最上郡最上町堺田。国境の番人の家。「封」は境界。

一一 「蚤虱」句解　「尿前の関」という地名を響かせて、蚤や虱に悩まされる旅寝の心境を詠んだ句。曽良本は「尿」にハリとふりがなするが、バリはコク、シトはスル、という区別に従って、ここはシトスルと読む。季語は「蚤」で夏。

一二 さらば　それでは、の意。

一三 反脇指　刀身のそりかえっている脇指。長い打刀《うちがたな》に添えて、脇に差して持ち歩く護身用の小刀《しようとう》。

一四 けふこそ　これまでは無事にやってきたが、今日という今日は、の意。

一五 辛き思ひ　苦しい思い・あぶない思い、の意。

一六 高山森々として一鳥聲きかず　山刀伐《なたぎり》峠の森閑としたさま。王安石「鍾山《しようざん》」に「一鳥啼カズ山更ニ幽ナリ」（錦繍段）とある。

みちのくのいはでしのぶはえぞ知らぬ書きつくしてよ壺のいしぶみ（源頼朝・新古今集・雑下）

くちなしのひとしほ染めのうす紅葉いはでの山はさぞ時雨れけん（藤原為家・続古今集・秋上）

小黒崎みづの小島の人ならば都のつとにいざと言はましを（古今集・大歌所御歌・陸奥歌）

小黒崎みづの小島にあさりする田鶴ぞ鳴くなる涙つらしも（太上天皇・続古今集・雑中）

二五　尾花沢《おばねざわ》

[一]尾花澤《をばねざは》にて[二]清風《せいふう》と云《い》ふ者を尋ぬ。かれは[三]富《と》めるものなれども、志《こころざし》いやしからず。都にも折々《をりをり》かよひて、さすがに旅の情《なさけ》をも知りたれば、[四]日比《ひごろ》とゞめて、長途《ちやうど》のいたはりさまぐ\にもてなし侍《はべ》る。

[五]涼しさを我《わ》が宿《やど》にしてねまる也《なり》

一七　雲端につちふる心地　「雲端」は雲の端、すきま。「つちふる」は土降る。杜甫「鄭駙馬潜曜《ていふばせんよう》洞中ニ宴ス」に「已ニ風磴《ふうとう》ニ入リテ雲端ニ霾《つちふ》ル」とある。

一八　最上の庄　山形県北村山郡。大石田町や尾花沢市を中心とする。

一九　不用の事　不都合なこと・不行き届きなこと・乱暴なこと。

二五　尾花沢

一　尾花澤　山形県尾花沢《おばなざわ》市。当時はオバネザワと読んだ。最上川船の河港大石田に隣接する天領で、仙台・山形・新庄への交通の要衝であった。

二　清風と云ふ者　本名、鈴木道祐。通称、島田屋八右衛門。清風はその俳号。特産の最上《もがみ》紅花《べに》など扱う豪商として、京や江戸に出ることも多く、江戸における俳諧の座で、すでに芭蕉と面識があった。

三　富める者なれども〜　『徒然草』十八段に「人は、おのれをつゞまやかにし、奢りを退けて、財を持たず、世をむさぼらざらんぞ、いみじかるべ

六 這《はひ》出《い》でよかひやが下のひきの聲

七 まゆはきを俤《おもかげ》にして紅粉《べに》の花

八 蚕《こ》飼《がひ》する人は古《こ》代《だい》のすがた哉《かな》　曽良

紅花

↗き。昔より、賢き人の富めるはまれなり」とある。

四 日比とゞめて　何日も引き止めて、の意。

五 「涼しさを」句解　くつろ↘ぐことを「ねまる」という地元言葉に興趣を覚えて、清風の接待に対する謝意を詠んだ句。季語は「涼しさ」で夏。

六 「這出でよ」句解　養蚕室を意味する「飼屋《かひや》」という、古いことばが残っていることをおもしろがり、床下から出て旅人の相手をしろと、蟇蛙《ひきがえる》に呼びかけた句。「かひやが下のひき」は「朝かすみかひやが下に鳴くかはづ声だに聞かばあれこひめやも」（万葉集・巻十）、「朝かすみかひやが下の鳴くかはづしのびつつありと告げむ児もがも」（万葉集・巻十六）などを踏まえるか。季語は「ひき」で夏。

七 「まゆはきを」句解　頭状の美しい紅粉の花に、女性の化粧道具である眉掃きを連想した句。季語は「紅粉の花」で夏。

八 「蚕飼する」句解　この地方で蚕飼する人の質素な服装に、古代人の姿をしのんだ句。季語の「蚕飼」には春蚕・夏蚕・秋蚕があるが、ここは一連の句の連想から夏蚕で夏。以上四句は、曽良の句を含めて、古代の女性を思わせる艶冶《えんや》な連作のあじわいをもつ。

二六　立石寺《りゆうしやくじ》

山形領《やまがたりやう》[一]に立石寺《りふしやくじ》[二]と云《い》ふ山寺《やまでら》あり。慈覚大師《じかくだいし》[三]の開基《かいき》にして、殊《こと》[四]に清閑《せいかん》の地《ち》也《なり》。一見《いつけん》すべきよし、人〻《ひとびと》のすゝむるに依《よ》りて、尾花沢よりとつて返し[五]、其《そ》の間《あひ》七里《しちり》ばかり也。日いまだ暮れず。梺《ふもと》の坊《ばう》[六]に宿かり置きて、山上《さんじやう》の堂にの

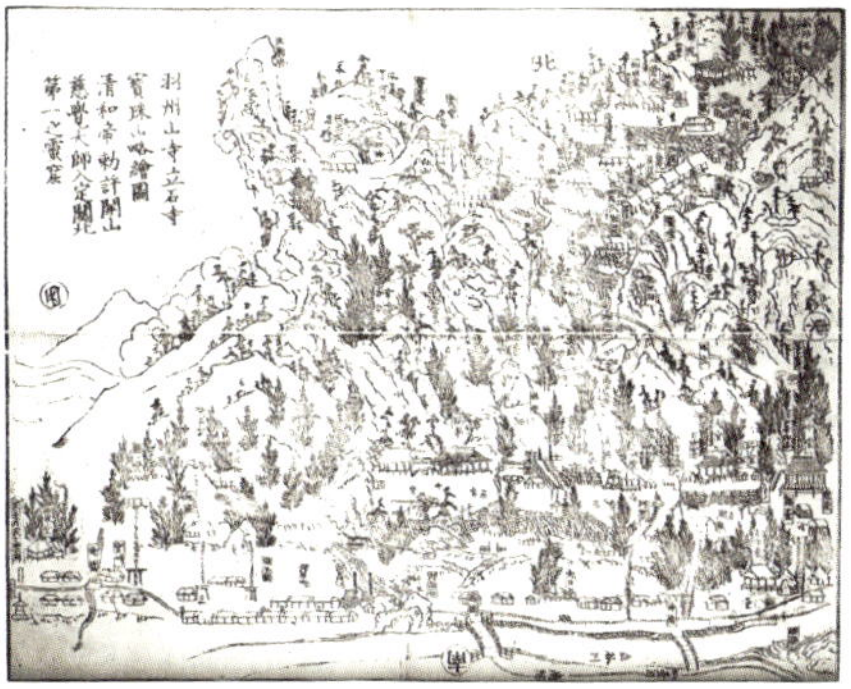

立石寺（山寺）古図

立石寺

二六　立石寺

一 山形領　山形藩の領地。当時は松平大和守直矩《なおのり》の所領。

二 立石寺と云ふ山寺あり　宝珠山立石寺。山形市山寺。当時はリュウシャクジと読んだ。天台宗。東叡山の寺領。全山凝灰岩《ぎょうかいがん》から成り、各所に堂宇《どう》が点在する景勝地で、俗称を山寺という。

三 慈覚大師　平安時代の高僧。法名は円仁。慈覚は諡名《おくりな》。伝教大師（最澄）の弟子で、入唐して帰朝後、第三世天台座主《ざす》となる。清和天皇の勅願によって立石寺を開いた。

ぼる。岩に巌《いはほ》を重ねて・山とし、[七]松栢年旧《しようはくとしふ》り・土石《どせき》老いて・苔滑《こけなめら》・かに、岩上《がんしやう》の院〻《ゐんゐん》扉《とびら》を閉ぢて・物の音きこえず。[八]岸をめぐり・岩を這《は》ひて・仏閣《ぶつかく》を拝し、佳景寂寞《かけいじやくまく》として[九]心すみ行・くのみおぼゆ。

[一〇]閑《しづか》さや岩にしみ入る・蟬《せみ》の聲《こゑ》

四　殊に清閑の地　禅の語録『寒山詩』に「出家《ハ》要《ス》㆓清閑《ヲ》㆒、清閑即《チ》為《ス》㆑貴《シト》」とある。
五　とつて返し　引き返し、の意。ただし、来た道を戻るのではなく、予定の大石田に直行せず、南下して寄り道したことをいう。

二七　最上川《もがみがわ》

最上川《もがみがは》[一]のらんと、大石田《おほいしだ》[二]と云ふ・所に日和《ひより》[三]を待つ・。爰《ここ》に

六　坊　宿坊。参詣者の泊る寺院の建物。
七　松栢年旧り　松や檜などの常緑樹が樹齢を重ね、という意。「栢」は柏の俗字で、ヒノキ類の常緑高木の総称。
八　岸をめぐり　崖のふちを回り、の意。「岸」は崖と同義（増補下学集《かがくしゅう》）。
九　心すみ行くのみおぼゆ　仏道修行のように心が澄み切ってゆくのがわかる、の意。須賀川の「世をいとふ僧」のたたずまいをみて「閒《しづか》に覚えられたり」、雄嶋が礒で「閑《しづか》に住みなし」ている「世をいとふ人」に「なつかしく立寄る」心に通じる。
一〇　「閑さや」句解　蟬の鳴き声が岩の中にしみ入るように、自分の心が閑寂な全山と一つにとけゆくという仏道体験を詠んだ句。季語は「蟬の声」で夏。

二七　最上川
一　最上川　歌枕。山形県の吾妻《あずま》火山群から北へ米沢・山形・新庄を通り、庄内平野を西に流れて酒田港付近で日本海に注ぐ。

四古き誹諧《はいかい》の種五こぼれて、六忘れぬ花のむかしをしたひ、七芦《ろ》角一聲《かくいっせい》の心をやはらげ、八此《こ》の道にさぐりあしゝて、九新古《しんこ》ふた道にふみまよふといへども、みちしるべする人しなければと、一〇わりなき一巻《ひとまき》残しぬ。一一このたびの風流《ふうりう》爰に至れり。

最上川の舟番所

大石田より最上川を望む

二 大石田　山形県北村山郡大石田町。尾花沢の西南約四キロメートルの地。当時は酒田に通う川船の発着所として栄える。

三 日和を待つ　川船運航の条件が整うのを待つ、の意。後掲の「五月雨を」の句との融合をはかるための文辞で伏線。

四 古き誹諧　貞門俳諧や談林俳諧など、芭蕉以

白糸の滝

最上川は[一二]みちのくより出《い》で、山形を水上《みなかみ》とす。[一三]ごてん・はやぶさなど云ふおそろしき難所《なんじよ》有《あ》り。[一四]板敷山《いたじきやま》の北を流れて、果《はて》は酒田《さかた》の海に入《い》る。左右《さいう》山覆《おほ》ひ、茂《しげ》みの中に船を下《くだ》す。是《これ》に稲《いね》つみたるをや、[一五]いな船《ぶね》といふならし。[一六]白糸《しらいと》の瀧《たき》は青葉の隙《ひま》〱《ひま》に落ちて、[一七]仙人堂《せんにんだう》岸に臨《のぞ》みて立

前の俳諧。

五 種こぼれて　曽良本は「たね落こほれて」。

六 忘れぬ花のむかし　古い俳諧の栄えていた時代、の意。

七 芦角一聲の心　芦笛《あしぶえ》を吹いて楽しむような質素な暮らしをしている人々の心、の意。「芦角」は芦の葉を巻いて作る芦笛と、獣の角笛とを一つにした芭蕉の造語か。

八 此の道　俳諧の世界。

九 新古ふた道　貞門・談林派の古風と、元禄時代の新風の二つ。清風編『おくれ双六《すごろく》』自序に「心の花の都にも二年三とせすみなれ、古今俳諧の道に踏《ふみ》迷ふ」とある。

一〇 わりなき一巻　地元の人の熱意に打たれて、やむをえずに巻いた俳諧一巻、の意。地元の一栄・川水に芭蕉と曽良の四吟歌仙。曽良本は「わりなき一巻を」。

一一 このたびの風流　須賀川で披露《ひろう》した「風流の初やおくの田植うた」にしたがって、この行脚の楽しみも、の意とする。

一二 みちのく　最上川の源を漠然と言ったもの。

つ。[一八]水みなぎつて舟あやうし。

[一九]五月雨《さみだれ》をあつめて早し最上川

もがみ河のぼればくだるいな舟のいなにはあらずこの月ばかり（古今集・大歌所御歌・陸奥歌）

最上川滝の白糸くる人のここによらぬはあらじとぞ思ふ（源重之・夫木抄）

最上川落ちくる滝の白糸は山の繭よりくるにぞありける（源重之・夫木抄）

みちのくに近きいではの板敷きの山に年ふる我ぞ侘びしき（不知・夫木抄）

一三 ごてん・はやぶさ　「碁点」「隼」ともに最上川の難所。「碁点」は楯岡《たておか》の西一里ほどに位置し、『奥細道菅菰抄』に「川中あなたこなたに大岩六七散在して、碁を打ち散らしたるごとし。故に碁点といふ」とある。「隼」は碁点の下流、富並川が最上川に入るあたりの急流で、同書に「水底に盤石ひし〳〵とありて、晴天にも激浪《げきらう》たち、水勢至つて早く、隼の落すがごとし」とある。ただし、両者とも大石田の上流で、芭蕉は見ていない。

一四 板敷山　最上郡戸沢村。歌枕。最上川の古口と清川間の南西にある。

一五 いな船といふ　稲船は稲を積んで運ぶ船で、古歌に詠まれる。曽良本は「いなふねとは云」。

一六 白糸の瀧　最上郡戸沢村大字古口草薙《くさなぎ》。最上川で最も有名な滝。古歌に詠まれ、『義経記』巻七にも出る。

一七 仙人堂　最上郡戸沢村。源義経の臣で、生き残って源平の合戦を語り継いだという常陸坊海《ひたちぼうかい》尊《そん》をまつる小社。

一八 水みなぎつて　「みなぎる」は、水が満ちあふれる・水勢が盛んになる、の意。

一九 「五月雨を」句解　富士川・球磨《くま》川とともに日本三大急流に数えられる最上川の早川としての本意を、五月雨によって詠いあげた句。季語は「五月雨」で夏。

二八　出羽三山《でわさんざん》

六月三日、羽黒山《はぐろさん》[一]に登《のぼ》る。圖司左吉《づしさきち》[二]と云《い》ふ者を尋ねて、別当代《べつたうだい》[三]會覚阿闍利《ゑがくあじやり》[四]に謁《えつ》す。南谷《みなみだに》[五]の別院《べつゐん》に舎《やどり》して、憐愍《れんみん》[六]の情《じやう》こまやかにあるじせらる[七]。

四日、本坊《ほんばう》[八]にをゐて誹諧興行《はいかいこうぎやう》[九]。

有《あり》難《がた》[一〇]や雪をかほらす南谷

五日、権現《ごんげん》[一一]に詣《まう》づ。當山開闢能除大師《たうざんかいびやくのうぢよだいし》[一二]は、いづれの代《よ》の人と云《い》ふ事《こと》をしらず。延喜式《えんぎしき》[一三]に「羽州里山《うしうさとやま》の神社」と有り。書寫《しよしや》[一四]、黒の字を里山となせるにや。羽州黒山《くろやま》を中《ちゆう》略《りやく》して羽黒山《はぐろさん》と云ふにや。出《で》羽《は》[一五]といへるは、「鳥の毛羽《まうう》を此《こ》の国の貢《みつぎもの》[一六]に献《たてまつ》る」と、風土記《ふどき》[一七]に侍《はべ》るとやらん。

二八　出羽三山

一 羽黒山　山形県鶴岡市羽黒町。羽黒権現（現在は出羽神社）が鎮座する山。古来、修験道の霊場。

二 圖司左吉　近藤左吉。図司は本姓。俳号は呂丸（露丸とも）。羽黒山麓の手向《とうげ》村の人。当地の宗匠格の俳人。この時、芭蕉の門人となり、教えを『聞書《ききがき》七日草』として残す。

三 別当代　別当は一山の寺務の統轄《とうかつ》者で、江戸の東叡山在住。別当代はその代行者。

四 會覚阿闍利　阿闍利（正しくは「梨」）は天台宗・真言宗の師範を意味する職名。会覚は東叡山勧学寮出身の権大僧都《ごんのだいそうず》。

五 南谷の別院　南谷は羽黒山中腹の台地。芭蕉はそこの高陽院紫《じ》苑寺《おんじ》を本坊に対する「別院」と判断した。

六 憐愍の情　哀れみ、思いやる心。

七 あるじせらる　もてなしを受けた、の意。「あるじ」は饗設《あるじもうけ》の略で御馳走・饗応。

八 本坊　別当が日常業務を行う坊舎。当時は羽黒山中腹のいざなぎ山にあった若王寺《じゃっこうじ》宝前院。

九 誹諧興行　「誹諧」は俳諧に同じ。「興行」は

[一八]月山《ぐわつさん》・[一九]湯殿《ゆどの》を合《あは》せて三山《さんざん》とす。當寺《たうじ》[二〇]武江東叡《ぶかうとうえい》に属《しよく》して、[二一]天台止観《てんだいしくわん》の月明《あき》らかに、[二二]円頓融通《ゑんどんゆづう》の法《のり》の灯《ともしび》かゝげそひて、僧坊棟《そうばうむね》をならべ、修験行法《しゆげんぎやうぼふ》を励《はげ》まし、霊山霊地《れいざんれいち》の[二三]験効《げんかう》、人貴《たふと》び且恐《かつおそ》る。繁栄《はんえい》長《とこしなへ》にして、めで度《たき》御山《おやま》と謂《い》ひつべし。

八日、月山にのぼる。[二四]木綿《ゆふ》しめ身に引きかけ、[二五]寶冠《ほうくわん》に頭《かしら》を包み、[二六]強力《がうりき》と云ふものに道びかれて、雲霧《うんむ》山気《さんき》の中

羽黒山五重塔

羽黒山参道

とり行うこと。「解説」を参照。

一〇「有難や」句解　霊山の残雪の薫りに託して、阿闍梨の好意に対する感謝の気持ちを詠む。「雪」は冬季で実状にそぐわず季語にはならないので、この場合は薫風という内容によって夏。これを発句として八吟歌仙の俳諧興行があった。

一一 権現　「権現」は仏・菩薩が衆生を救うために人に見える姿になって、神として仮に現れる

に氷雪《ひやうせつ》を踏《ふ》んでのぼる事《こと》八里、更《さら》に日月行道《じつげつぎやうだう》の雲関《うんくわん》に入《い》るかとあやしまれ、息絶《いきた》え身こゞえて頂上《ちやうじやう》に臻《いた》れば、日没《ぼつ》して月顕《あらは》る。笹《ささ》を鋪《し》き篠《しの》を枕として、臥《ふ》して明くるを待つ。日出《い》でて雲消ゆれば湯殿に下《くだ》る。

出羽神社三神合祭殿

羽黒山南谷

月山頂上

こと。また現れた神。羽黒権現はもと伊氐波神《いではのかみ》・倉稲魂命《うかのみたまのみこと》をまつる式内社。神仏習合により聖観音を本地とする。

一二 能除大師　正しくは「太子」。蜂子皇子《はちこ》（崇《す》峻《しゅん》天皇の第三王子）が、蘇我馬子の乱を避けて出羽三山に入り、修験道羽黒派ができたという。

一三 延喜式　醍醐《だいご》天皇の時代に、宮中や諸国の

谷の傍《かたはら》に鍛冶小屋《かぢごや》と云《い》ふ有《あ》り。此《こ》[二八]の国の鍛冶《かぢ》、霊水《れいすゐ》を撰《えら》びて爰《ここ》に潔斎《けつさい》して劔《つるぎ》を打ち、終《つひ》に月山と銘《めい》を切つて世に賞せらる。彼《か》の龍泉《りゆうせん》[二九]に剣を淬《にら》ぐとかや、干将《かんしやう》[三〇]・莫耶《ばくや》のむかしをしたふ。道に堪能《かんのう》[三一]の執《しふ》あさからぬ事しられたり。

年中儀式などを記した全五十巻の書。ただし「羽州里山の神社」という記事はない。

一四 書寫、黒の字を里山となせるにや　書写の際に「黒」の字を「里山」と書き誤ったのであろう、の意。

一五 出羽　坂内直頼『本朝諸社一覧』に「出羽和銅五年始テ陸奥ノ二郡ヲ割テ之ヲ置ク。上古此

月山の覚兵衛小屋

出羽三山の修行者

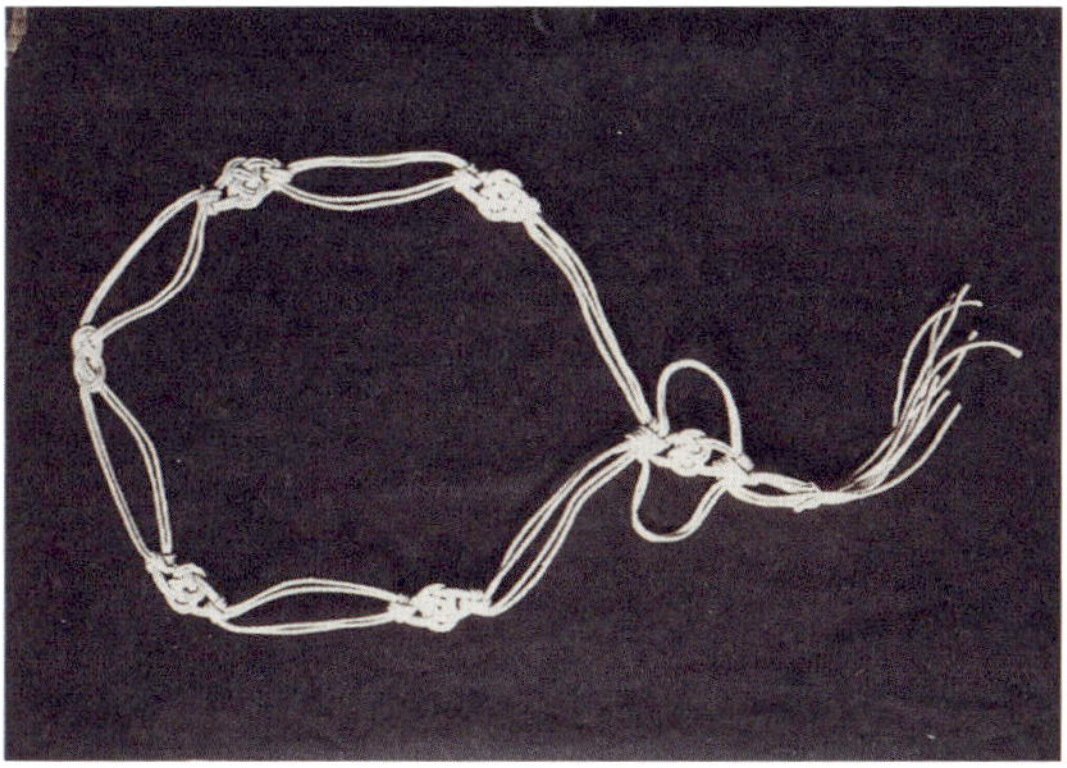
木綿しめ

岩に腰かけてしばしやすらふほど、三尺ばかりなる桜[三二]のつぼみ半《なか》ばひらけるあり。ふり積む・雪の下に埋《うづ》も・れて、春を忘れぬ遅《おそ》ざくらの花の心[三三]わりなし。炎天《えんてん》[三四]の梅花《ばいくわ》爰《ここ》にかほるがごとし。行尊僧正《ぎやうそんそうじやう》[三五]の哥《うた》の哀《あは》れ・も爰に思ひ出《い》で・て、猶《なほ》まさりて覚《おぼ》ゆ。惣而此《そうじてこ》・の山中の微細《みさい》[三六]、行者《ぎやうじや》の法式《ほふしき》として、他言《たごん》する事《こと》を禁《きん》ず。仍《よ》つ・て筆をとゞめて記《しる》さず。坊《ばう》に帰れば、阿闍梨《あじやり》の需《もと》め・に依り・て、三山順礼《さんざんじゆんれい》の句々《くく》短冊《たんじやく》に書く・。

[三七]涼しさやほの三《み》か月《づき》の羽《は》黒《ぐろ》山《さん》

[三八]雲の峯幾《いく》つ崩《くづ》れ・て月の山

[三九]語られぬ湯《ゆ》殿《どの》にぬらす袂《たもと》かな

[四〇]湯《ゆ》殿《どの》山《さん》銭《ぜに》ふむ道の泪《なみだ》かな

曽良

ノ地ヨリ鷲鷹ノ羽ヲ貢ス。故ニ出羽ト云フ」とある。

一六 貢に献る　曽良本は「貢物に献る」。

一七 風土記　和銅六年（七一三）、元明天皇の勅により諸国に撰進させた地誌だが、出羽国の風土記は伝わらない。

一八 月山　鶴岡市の東南、羽黒山の南に位置する。出羽三山の最高峰。山頂に阿弥陀如来を本地とする月読命《つくよみのみこと》をまつる月山権現が鎮座し、暮礼山月山寺という。

一九 湯殿　湯殿山。月山の西に隣り合う。湯の湧き出る霊巌を中心に山全体を神体とし、拝殿は設けない。中腹に大日如来を本地とする大山祇命《おおやまつみのみこと》と、大己貴命《おおなむちのみこと》・少彦名命《すくなひこなのみこと》をまつる湯殿山権現があり、湯殿山日月寺という。

二〇 武江東叡　武蔵国江戸の東叡山寛永寺。東京都台東区上野桜木。国家鎮護のために建てた天台宗の関東総本山で、徳川家の菩提寺。

二一 天台止観の月　天台宗の根本教義の一つ。「止観」は静寂な心で諸物の実相を観照識別すること。「月」はその澄み切った悟りの境地のたとえ。

二二 円頓融通　「円頓」は円満頓足で、円満な（

心をもって速やかに悟ること。「融通」は一切が融け合って障りのないこと。

二三 験効　ありがたい御利益の現れ。

二四 木綿しめ　木綿注連《しめ》。不浄を払う目的で首に掛ける修験袈裟《けさ》。

二五 寶冠　頭を包む白木綿で、山伏頭巾《やまぶしときん》の一つ。

二六 強力　修験者の弟子で修行者を案内したり、荷物を運んだりする男。

二七 日月行道の雲関　太陽や月の通い路にある雲間の関所。

二八 此の国の鍛冶　『三山雅集』鍛冶屋鋪《やしき》に「昔、一人の鍛冶師、剣の佳名あらんことを祈りて、この所にこもりて鍛《きた》ひ出せしとなん。かれが打ちたる銘には月山と切り付けて今世に残せり。鋪《かなしき》・吹革《ふいご》、年経て石の形の彷彿たるを見るのみ」とある。

二九 龍泉　中国湖南省汝南《じょなん》郡西平《せいへい》県にあったという泉。「剣を淬ぐ」つまり、刀身を鍛えるために焼いては水に入れるのに適したという。

三〇 干将・莫耶　「干将」は中国春秋時代の呉の刀工。「莫耶」はその妻。『太平記』巻十三「兵部卿ノ宮薨御《こうぎょ》ノ事付干将莫耶ガ事」に詳しい。→

三一 堪能の執　一芸に秀でた者の熱意・執心。

三二 桜のつぼみ半ばひらける　「桜」は高山植物の高嶺桜《たかねざくら》（峰桜）。曽良本は「桜のつぼみ半《なかば》にひらける」。

三三 わりなし　殊勝だ・健気だ、の意

三四 炎天の梅花　炎天下の、季節に左右されずに咲く梅花。『禅林句集』に「雪裏《せつり》ノ芭蕉摩詰《まきつ》ガ画　炎天ノ梅蘂《ばいずい》簡斎詩」とある。「摩詰」は王維《おうい》で、唐代の詩人で画家。「簡斎」は陳与義で、宋代の詩人。

三五 行尊僧正の哥の哀れも爰に　「行尊」は平安末期の高僧で天台座主《ざす》。「哥」は「大峰にて思ひもかけず桜の花の咲きたりけるを見て」と詞書きする「もろともにあはれと思へ山桜花よりほかに知る人もなし」（金葉集・雑）をさす。「大峰」は奈良県熊野川上流の霊地。曽良本は「行尊僧正の歌爰に」。

三六 微細　細かいこと。

三七 「涼しさや」句解　ほのかな三日月がもたらす羽黒山の清涼なたたずまいに、神聖なありがたさを感じ取った句。「三か月」の「三」に「ほの見

↘える」の「見」を掛ける。季語は「涼しさ」で夏。

三八「雲の峯」句解　八日の月に照らされながら、この月山は昼間の真っ白な入道雲がいくつ崩れて築き上げられたのかと、その山容に感嘆する句。月山は歌枕としては「月の山」といい、その「月」に「崩れて築《つ》き」の意を掛ける。季語は「雲の峯」で夏。

三九「語られぬ」句解　言葉にできないほど神秘を称えて、感涙を流すという句。「ぬらす」は「湯殿」の縁語。また湯殿山は「恋の山」と呼ばれ↘

二九　鶴岡・酒田

羽黒《はぐろ》を立ちて、鶴《つる》が岡《をか》[一]の城下《じやうか》長山氏重行《ながやまうぢぢゆうかう》[二]と云《い》ふ物《もの》のふの家にむかへられて、誹諧一巻《はいかいひとまき》有《あ》り[三]。左吉《さきち》も共《とも》に送りぬ。川舟《かはぶね》に乗りて[四]酒田《さかた》[五]の湊《みなと》に下《くだ》る。淵庵不玉《えんあんふぎよく》[六]と云ふ医師《くすし》の許《もと》を宿とす。

た歌枕であるところから、「ぬらす袂」に恋の情が漂う。季語はないが、「湯殿行」「湯殿詣」という内容によって夏。

四〇「湯殿山」句解　あたりに散らばる賽銭《さいせん》を踏んで参道を進みながら、所持する金銭のすべてを奉納するという湯殿山のならわしに、宗教的な感動を覚えた句。「語られぬ」の句と同じく季語はないが、「湯殿行」「湯殿詣」という内容によって夏。

二九　鶴岡・酒田

一　鶴が岡　山形県鶴岡市。当時は酒井左衛門尉忠直の城下町。

二　長山氏重行　長山五郎右衛門重行。酒井家の藩士。芭蕉を迎えた家は鶴岡の荒町裏、大昌寺脇小路東側（鶴岡市山王町十三番地）にあった。

三　誹諧一巻　『曽良旅日記』俳諧書留に「めづらしや山をいで羽《は》の初茄子《はつなすび》」という芭蕉の句を発句とする、重行・曽良・露丸四吟歌仙を記録する。「解説」を参照。

四　川舟に乗りて　芭蕉は当時鶴岡の三日町川↙

七 あつみ山や吹浦《ふくうら》かけて夕すゞみ

八 暑き日を海にいれたり最上川《もがみがは》

と最上川下流とを行き来していた川舟に乗って酒田に下った。『曾良旅日記』に「川船ニテ坂田《ママ》ニ趣。船ノ上七里也。陸五里成ト」とある。

五 酒田の湊　山形県酒田市。庄内米や紅粉《べに》花の積み出し港として栄えた都市。

六 淵庵不玉　伊東玄順。庄内藩の侍医。庵号→

酒田の不玉宅跡

を潜淵庵・淵庵、俳号を不玉という。本町三丁目横丁（酒田市中町一丁目六ノ八）に借家住まい。談林俳諧に遊び「酒田宗匠伊藤氏玄順」（日本行脚文集）という地位にあったが、芭蕉来遊を機に蕉門に転じた。

七「あつみ山や」句解　鶴岡から酒田までの行路を詠んだ句。あつみ山から吹浦にかけて吹く風を称えて、夕涼み気分で旅した暑い一日を振り返る。「暑い」の意を持たせる「あつみ山」は温海岳（鶴岡市）で、「吹く」の意をこめる「吹浦」は

「あつみ山や」句碑（鶴岡市暮坪海岸、三浦隆氏より恵贈）

↘酒田の北に位置する海岸（山形県飽《あくみ》海郡遊佐町吹浦）。地名によって趣向した掛詞・縁語仕立てが、不玉への挨拶になっている。季語は「夕すゞみ」で夏。↗

三〇　象潟《きさがた》

江山水陸《かうざんすゐりく》の風光《ふうくわう》[一]数を盡《つく》して、今象潟《きさがた》[二]に方寸《はうすん》[三]を責《せ》む。酒田の湊《みなと》より東北の方《かた》、山を越え[四]、礒《いそ》を傳《つた》ひいさごをふみて、其《そ》[五]の際《きは》十里、日影《ひかげ》やゝかたぶく比《ころ》、汐風真砂《しほかぜまさご》を吹《ふ》き上げ、雨朦朧《もうろう》[六]として鳥海《てうかい》[七]の山かくる。闇中《あんちゆう》[八]に莫作《まくさ》して、「雨も又奇也《またきなり》」[九]とせば、雨後《うご》[一〇]の晴色《せいしよく》又頼母敷《またたのもし》きと、蜑《あま》[一一]の苫屋《とまや》に膝《ひざ》をいれて雨の晴るゝを待つ。

其《そ》の朝《あした》、天能《てんよ》く霽《は》れて、朝日《あさひ》花やかにさし出《い》づる程《ほど》に、

八「暑き日を」句解　暑い一日を海へ流し込んでくれた、と大河の最上川を称える句で、夕涼みの心地よさを詠む。季語は「暑き日」で夏。

三〇　象潟

一 風光数を盡して　数えきれぬほどの景勝を見てきて、の意。松島の章にも「嶋〳〵の数を盡して」とあった。

二 象潟　秋田県にかほ市象潟町。出羽国由利郡の美しい入江で松島と並び称されたが、文化元年（一八〇四）の大地震で隆起し、陸地となった。当時はキサガタと濁音に読む（類船集）。日光山の章で、「このたび松しま・象潟の眺め共にせん事を悦び」と曽良を紹介し、松島・象潟がこの旅の目的地であることを明らかにしていた。歌枕。

三 方寸を責む　「方寸」は一寸四方の狭いところ。転じて心・胸中。心を研ぎ澄ます、の意。

四 山を越え、礒を傳ひいさごをふみて　『陸奥《むつ》衢《ちどり》』に「さかたより象潟へ行道、かたのごとく難所、半分は山道、岩角を踏《ふみ》、牛馬不通、半分は礒

象潟に舟をうかぶ。先《ま》づ・[一二]能因嶋《のういんじま》に舟をよせて、[一三]三年幽居《いうきよ》の跡をとぶらひ、むかふの岸に舟をあがれば、「[一四]花の上こぐ」とよまれし桜の老木《おいき》、西行法師の記念《かたみ》をのこす。[一五]江上《かうしやう》に御陵《みささぎ》あり、[一六]神功后宮《じんぐうこうぐう》の御墓《みはか》と云《い》ふ・。寺を[一七]干満珠寺《かんまんじゆじ》と云ふ・。此《こ》の・処《ところ》に[一八]行幸《みゆき》ありし事《こと》いまだ聞かず・。いかなる事にや。此の・寺の[一九]方丈《はうぢやう》に座《ざ》して[二〇]簾《すだれ》を捲《ま》けば・、風景[二一]一眼《いちがん》の中に盡《つ》き・て、南に鳥海[二二]天《てん》をさゝえ、其の・陰《かげ》うつりて江《え》にあり。西は[二三]むやむやの関路《せきぢ》をかぎり、東に堤《つつみ》を築きて・[二四]秋《あき》田《た》にかよふ道遙《はるか》か・に、[二五]海《うみ》北にかまえて浪打入《なみうちい》る・所を[二六]汐《しほ》こしと云ふ・。[二七]江《え》の縦横《じゆうわう》一里ばかり、俤《おもかげ》松嶋《まつしま》にかよひて又異《またこと》なり。松嶋は笑ふが如《ごと》く、象潟はうらむがごとし。寂《さび》しさに[二八]悲しみをくはえて、[二九]地《ち》勢《せい》魂《たましひ》をなやますに似《に》たり。

伝ひ、荒砂のこぶり道」とある。「いさご」は砂浜。

五 **其の際**　その間の距離、の意。

六 **雨朦朧として**　蘇東坡「西湖」の「山色朦朧トシテ雨モ亦奇ナリ」を踏まえる。雨であたりはぼうっと煙って、の意。

七 **鳥海の山**　鳥海山。出羽富士と呼ばれる山形県の最高峰で、飽海《あくみ》郡遊佐町・酒田市と、秋田県の由利《ゆり》本荘市・にかほ市の四市町に跨《また》がる。山岳信仰の対象で出羽国一宮大物忌神社をまつり、海岸に近い独立峰であるところから往来する船乗りの目印であった。

八 **闇中に莫作して**　暗闇ゆえに何もせず、の意。「莫作」は「作《な》す莫《な》し」。釈迦の戒めを伝える『七《しち》仏通戒偈《ぶつつうかいのげ》』の初句に「諸悪莫作《しよあくまくさ》」とある。

九 **「雨も又奇也」とせば**　雨の景色もまた素晴らしいとすれば、の意。再び蘇東坡「西湖」の「山色朦朧トシテ雨モ亦奇ナリ」を踏まえる。

一〇 **雨後の晴色又頼母敷き**　雨上がりの景色もまた格別であろう、の意。蘇東坡「西湖」の「水光瀲灩《れんえん》トシテ晴レテ偏ヘニ好シ」を踏まえる。

一一 **蜑の苫屋**　「蜑」は漁夫・猟師。「苫屋」は

三〇 象潟や雨に西施《せいし》がねぶの花

三一 汐《しほ》越《こし》や鶴はぎぬれて海涼し

祭礼

三二 象潟や料理何《なに》くふ神《かみ》祭《まつり》

曽良

象潟古図

能因島

蚶満寺参道

苫葺きの粗末な小屋。能因《のういん》法師「世の中は」の和歌を踏まえて、後の能因島の伏線とする。

一二 能因嶋　象潟町能因島。能因法師が住んだと伝える島。

一三 三年幽居　「幽居」は俗世間を避けて静かに住むこと。能因法師「世の中は」の和歌の詞書「出羽の国にまかりて象潟といふ処にてよめる」から

三三 蜑《あま》の家《や》や戸《と》板《いた》を敷きて夕涼み

みの、国の商人《あきんど》低耳《ていじ》

岩上《がんしやう》に雎鳩《みさご》の巣《す》をみる

三四 波こえぬ契《ちぎり》ありてやみさごの巣　曽良

生まれた伝説で、「幽居」の事実も、「三年」の根拠も不明。

一四　花の上こぐ　西行作と伝える「象潟の」の和歌をさす。『日本行脚文集』『好色一代男』『西鶴名残之友』に引かれて、当時は西行作として聞こえていた。ただし西行の象潟遊歴は確認できず、この和歌ゆかりの桜があるわけでもない。

蚶満寺裏庭の舟つなぎ石

合歓の花

祭礼のあった熊野神社

世の中はかくてもへけり象潟の蜑の苫屋を我が宿にして（能因法師・後拾遺集・羇旅）

さすらふる我が身にしあれば象潟や蜑の苫屋にあまたたび寝ぬ（藤原顕仲・新古今集・羇旅）

象潟の桜は波に埋もれて花の上こぐ蜑の釣舟（伝西行法師・継尾集）

あめにます豊岡姫に言問はむ幾世になりぬ象潟の神（能因法師・歌枕名寄）

もののふの出づさ入るさに枝折りするとや〳〵鳥のむやむやのせき（不知・夫木抄）

↑**一五　江上に**　水辺に。

一六　神功皇后宮　神功皇后。第十四代仲哀《ちゅうあい》天皇の后で、応神天皇の母。新羅を攻略して凱旋したことで知られる。この地の伝承にも「抑々《そもそも》、神宮皇后、百済国の夷《えびす》をしたがへ、日の本《もと》に軍をかへしおはしますとき、波風にはなたれたまひ、此島に暫くうつろひたまひぬとかや」（継尾集）とあるが、墓については不明。

一七　干満珠寺　皇宮山蚶満寺。象潟町象潟島。「干満珠寺」という名の由来については神功皇后が「尋常御肌にいだかせ給ふ干満の二珠によそへ、皇↓后山干満珠寺とは伝へはべるとかや」（継尾集）という。慈覚大師が再興して、天台宗から曹洞《そうとう》宗に移る。

一八　行幸　正しくは「御幸」。神功皇后のおでかけ。本来「行幸」は天皇の外出。

一九　方丈　一丈四方の狭い僧坊。転じて、住職の居所。ここは寺院の表座敷。

二〇　簾を捲けば　詩文に眺望を叙述する際の慣用句。白楽天「香炉《かうろ》峯《ほう》下新ニ山居ヲ卜《ぼく》シテ草堂初メテ成リ偶《たまたま》東壁ニ題ス」に「香炉峯ノ雪ハ簾ヲ撥《はら》ツテ看ル」（白氏文集）が著名。

二一　一眼の中に盡きて　一目ですっかり見渡せて、の意。

二二　天をさゝえ　天を支えるように聳え、の意。

二三　むや〳〵の関路をかぎり　むやむやの関に通じる道が途中まで見えて、の意。「むや〳〵の関」は「うやむやの関」に同じ。歌枕。場所は山形・宮城両県境の笹谷峠（奥羽山脈）とも、山形・秋田両県境の三崎峠（羽州浜街道）ともいうが、『曽良旅日記』には、象潟町内に「関ト云村有。ウヤムヤノ関成ト云」とある。これに従えば、象潟町関。

二四　秋田　出羽国秋田藩（秋田市）。当時は佐竹右京大夫義処《よしずみ》の城下町。

二五　海北にかまえて　海が北に控えて、の意。

二六　汐こし　象潟の西、日本海の水が越えて流れ込む低地をさし、村の名前でもあった。当時はシホコシと清音に読んだ。

二七　江の縦横一里ばかり　入江の広さを大まかにいったもの。松島の章の「江の中三里」に対応する。

二八　悲しみを　曽良本は「かなしひを」。

二九　地勢魂をなやますに似たり　土地は人が憂いをいだいているような表情をしている、の意。

三〇「象潟や雨に西施が」句解　雨に濡れる合歓《ねむ》の花に、病んで眉をひそめる美人西施の風情を見て、象潟の憂愁の景色を称えた句。西施は中国周代の越《えつ》の美女。越王勾践《こうせん》が呉《ご》に敗れた結果、呉王夫差《ふさ》に献じられ、夫差はその西施の美しさにおぼれて国を傾けたという。蘇東坡の「西湖」や『荘子』外篇・天運、『蒙求《もうぎゅう》』西施捧心《ほうしん》などの故事による。季語は「ねぶの花」で夏。

三一「汐越や」句解　浅瀬に立って、長い脚を潮にぬらしている鶴の姿に、涼しさを発見した句。本来「鶴はぎ」は衣服の裾が短くて、長い臑《すね》が見えていることをいう。季語は「涼し」で夏。

三二「象潟や料理何くふ」句解　能因法師が、五穀をつかさどる豊岡姫に問いかける「あめにます」（歌枕名寄）の和歌に倣《なら》って、象潟の祭礼にならぶ御馳走《ごちそう》は何かと、地元の人に尋ね興じる句。「神祭」は汐越村の鎮守熊野神社の祭礼。季語は「神祭」で夏。

三三「蜑の家や」句解　雨戸を縁台代わりに砂浜に敷いて、夕涼みする漁村の情景に新鮮な感動を覚えた句。その季語は「夕涼み」で夏。作者「低耳」は美濃国（岐阜県）の商人。

三四「波こえぬ」句解　男女の契りの固さを「末の松山波越さじ」などと詠んだ古歌を趣向にして、巣を営むみさごの仲むつまじさに思いを寄せた句。踏まえる古歌については、「末の松山・塩竈の浦」の章を参照。「みさご」は頭が白く形状は鳶《とび》に似て、雌雄仲むつまじい鳥であるという。季語は「みさごの巣」で夏。

三一　越後路《えちごじ》

[一]酒田《さかた》の余波《なごり》日を重《かさ》ねて、[二]北陸道《ほくろくだう》の雲に望《のぞ》む。[三]遙ゝ《えうえう》のおもひ胸をいたましめて、[四]加賀《かが》の府《ふ》まで百卅里と聞く。[五]鼠《ねず》の関《せき》をこゆれば越後《ゑちご》の地に[六]歩行《あゆみ》を改めて、[七]越中《ゑつちゆう》の国一《いち》ぶりの関に到《いた》る。[八]此《こ》の間《かん》九日、[九]暑湿《しよしつ》の労《らう》に[一〇]神《しん》をなやまし、[一一]病《やまひ》おこりて[一二]事《こと》をしるさず。

[一三]文月《ふみづき》や六日《むいか》も常《つね》の夜《よ》には似ず

[一四]荒海《あらうみ》や佐渡《さど》によこたふ天河《あまのがは》

三一　越後路

一　酒田の余波　「余波」は「名残」に同じ。酒田の人々と別れを惜しんで、の意。象潟が酒田を基点とする遊歴であったことがわかる。

二　北陸道　若狭・越前・加賀・能登・越中・越後・佐渡の七か国。当時はこれらを貫く街道をもいう。

三　遙ゝのおもひ　「遙ゝ」の読み方にエウエウ（ようよう）と、ハルバルの二説がある。謡曲の詞章に「日も遙々《はるばる》の心かな」（隅田川・木賊）、「日も遙々の越路の末、おもひやるこそ遙なれ」（安宅）とあり、曽良本には音読符号がついている。前途はるかな思い、の意。

四　加賀の府　石川県金沢市。「加賀」は加賀藩、「府」はみやこ。前田家の城下町金沢。

五　鼠の関　念珠の関に同じ。鶴岡市鼠ヶ関。出羽国と越後国の国境の海岸近くにあった。

六　歩行を改めて　歩みを進めて、の意。

七　越中の国一ぶりの関　市振の関に同じ。新潟県糸魚川市市振。越後国と越中国の国境の越後寄りにあった。よって正しくは越後国市振の関。北陸道最大の難所である親不知《おやしらず》という断崖を控え、↙

三二　市《いち》振《ぶり》

今日《けふ》は[一]親しらず子しらず・[二]犬もどり・[三]駒返《こまがへ》しなど云《い》ふ・北国一《ほつこくいち》の難所《なんじよ》を越えてつかれ侍《はべ》れば、枕《まくら》引きよせて寐《ね》たるに、[四]一間《ひとま》隔《へだ》てて[五]面《おもて》の方《かた》に、若き女の聲《こゑ》二人斗《ふたりばかり》ときこゆ。[六]年老いたるおのこの聲も交《まじ》りて物語《ものがたり》するをきけば、越後《ゑちご》

当時は旅籠《はたご》町として栄えた。

八　此の間九日　鼠ヶ関から市振までの日数。

九　暑湿の労　暑気と湿気（雨）による疲労。

一〇　神をなやまし　「神」は心・魂。気分もすぐれず、の意。

一一　病おこりて　芭蕉に痔疾と疝気という持病があったことは、「飯塚の里」の章でも触れた。

一二　事をしるさず　越後路での見聞を道中記に書かなかった、の意。↳

一三　「文月や」句解　織姫（織女星）と彦星（牽《けん》牛《ぎゅう》星）が相会う前夜の、いつもと違って華やいで見える空を詠んだ句。季語は陰暦七月の異称である「文月」で秋。

一四　「荒海や」句解　前夜とはうって変わって、逢瀬にはあいにくの空模様となった織姫と彦星の心細さを、佐渡の空に身を横たえている天の川によって詠んだ句。季語は「天河」で秋。「文月や」の句と一対の恋の句である。

三二　市振

一　親しらず子しらず　親不知子不知。新潟県糸魚川市青海川あたりから市振までの断層海岸の名称で、北陸道最大の難所。北陸本線親不知駅を中心に、西方を「親不知」、東方を「子不知」と呼ぶ。『二十四輩順拝図会』に「親も子を見かへるいとまなく、子も親を尋《たづ》ぬるに隙《ひま》なきとて、爰《ここ》を親知らず子知らずと名付たり」とある。

二　犬もどり　赤岩の難所ともいう。直江津（上越市）から国道八号線を西に進み、国分寺の先の

の国[七]新潟《にひがた》と云ふ所の[八]遊女《いうぢよ》成りし。[九]伊勢《いせ》参宮《さんぐう》するとて、此
の関までおのこの送りて、あすは[一〇]古郷《ふるさと》にかへす文《ふみ》した、
めて、[一一]はかなき言傳《ことづて》などしやる也《なり》。
「[一二]白浪《しらなみ》のよする汀《みぎは》に[一三]身をはふらかし、[一四]あまのこの世を

親不知

市振の宿桔梗屋跡

屏風谷の真下。親不知の五十数キロメートル東で、すでに通過地点。

三　駒返し　糸魚川市の青海と歌の間にあった難所。『東遊記』に「常に山の根へ波打ちかけ、通路なりがたきゆゑに、（略）其間《そのかん》纔《わづか》なれども、馬上なりがたき故に駒返《こまかへり》となづく」とある。

四　一間隔てて　襖《ふすま》一枚隔てて、の意。「一間」は

[一五]あさましう下《くだ》りて、[一六]定めなき契《ちぎり》、[一七]日《ひ》ゝ《び》の業因《ごふいん》、いかにつたなし」と、物云《ものい》ふをきく〳〵寐入《ねい》りて、[一八]あした旅立つに、我《われ》〳〵《われ》にむかひて、「[一九]行衛《ゆくゑ》しらぬ旅路《たびぢ》のうさ、あまり覚束《おぼつか》なう悲しく侍《はべ》れば、見えがくれにも御跡《おんあと》をしたひ侍らん。[二〇]衣の上の御情《おんなさけ》に、[二一]大慈《だいじ》のめぐみをたれて[二二]結縁《けちえん》せさせ給《たま》へ」と泪《なみだ》を落《おと》す。[二三]不便《ふびん》の事には侍れども、「我〳〵は所《ところ》ゞ《どころ》にてとゞまる方《かた》おほし。只《ただ》人の行くにまかせて行くべし。[二四]神明《しんめい》の加護《かご》かならず恙《つつが》なかるべし」と云捨《いひす》てて出《い》でつゝ、哀《あはれ》さしばらく[二五]やまざりけらし。

[二六]一家《ひとつや》に遊女《いうぢよ》もねたり萩《はぎ》と月

曽良《そら》にかたれば、書きとゞめ侍る。

襖一重。

五 面の方に　表通り（往来）に面した方の部屋に、の意。

六 年老いたる　曽良本は「年寄たる」。

七 新潟　新潟市。当時は港町として栄えた。

八 遊女　遊里に抱えられた女。当時は都市に設けられた官許の遊郭と、法の目を盗んで営む遊里とがあった。ここは前者。『諸国色里案内』「越後新町 付にいかたの事」に「なるほどゆたかなるみなとにて、小うたしやみせんあり」とある。

九 伊勢参宮　伊勢神宮に参拝すること。元禄二年は遷座式《せんざしき》の年にあたる。曽良本は「伊勢に参宮」。

一〇 古郷にかへす文したゝめて　曽良本は「文したゝめ」。男を故郷の新潟に帰らせるにあたって、持たせる手紙を書いて、の意。

一一 はかなき　ちょっとした。

一二 白浪のよする汀に　「白浪のよする汀に」という古歌のように、の意。『和漢朗詠集』遊女の項に「海人詠《あまのよむ》」として載る「白波の寄する渚に世を過ぐす海人の子なれば宿も定めず」による。

一三 身をはふらかし　落ちぶれさせて、の意。「はふらかす」は捨てる・さまよわす・落ちぶれさす、の意。

一四 あまのこの世を　蜑の子の人生のように、の意。前出「白波の」の和歌をうけて「海人（蜑）の子」に「この世」を言い掛けた。

一五 あさましう下りて　「下る」は、落ちぶれる・低級になる。ひどい境涯に落ちぶれてしまって、の意。

一六 定めなき契　夜ごとに変わる男の相手をする（のですが）、の意。

一七 日〻の業因、いかにつたなし　前世の所業がどんなに罪深いものだったのであろうか、の意。『撰集抄』江口遊女ノ事に「是も前世の、遊女にて有るべき宿業の侍りけるやらん」とある。

一八 あした旅立つに　翌朝旅立つ時に、の意。

一九 行衛しらぬ旅路のうさ　これから進んで行くべき道筋のわからない道中、の意。

二〇 衣の上の御情に　法衣を着ているお坊さんのお情けで、の意。芭蕉も曽良も墨染の衣を着ていたので、僧侶に見えた。

二一 大慈のめぐみをたれて　仏の恵みを分けて、の意。「大慈」は仏・菩薩、とりわけ観世音菩薩が民衆をあわれみ、いつくしむ心。

二二 結縁せさせ給へ　仏道に入る縁を結ばせてください、の意。

二三 不便の事には侍れども　「不便」はかわいそうなこと。曽良本は「不便の事にはおもひ侍れども」。

二四 神明の加護かならず恙なかるべし　「神明」は神で、天照大神をいう場合が多い。神様がお守りくださって、きっと無事に行き着くことができるでしょう、の意。

二五 やまざりけらし　やむことがなかったことだ、の意。「けらし」は「けるらし」の約で、芭蕉は詠嘆の意に用いる。

二六 「一家に」句解　遊女と同宿するという不思議な縁《えにし》を、季節を同じくして咲きこぼれる萩と澄みきった月との取合せで示した句。季語は「萩」「月」で秋。

三三　那古《なご》

一くろべ四十八か瀬とかや、二数しらぬ川をわたりて那古《なご》三と云ふ浦《うら》に出《い》づ。擔籠《たご》四の藤浪《ふぢなみ》は春ならずとも、初秋《はつあき》五の哀《あは》れとふべきものをと、人に尋ぬれば、「是《これ》より五里いそ傳《づた》ひして、むかふの山陰《やまかげ》にいり、蜑《あま》六の苫《とま》ぶきかすかなれ

三三　那古

一　くろべ四十八か瀬　黒部川。富山県東部を流れる。「四十八」は数の多いことをいう。川筋が河口付近でいくつにも分流して、当時は「河原の幅一里半ばかり、其中を幾瀬も流れて難河なり」（奥細道菅菰抄）という様子であった。芭蕉は入善（下新川郡入善町）で川を越えている。

二　とかや　とか言う。

三　那古と云ふ浦　奈呉海《なごのうみ》。射水《いみず》市放生津《ほうしょうづ》町。越中の国守として滞在した大伴家持によって有名になった海。歌枕。『曽良旅日記』名勝備忘録に「バ

奈呉之浦

田子浦藤波神社

ば、七蘆《あし》の一夜《ひとよ》の宿かすものあるまじ」と、いひをどされてか八〵の国に入《い》る。

九わせの香《か》や分入《わけい》る右は有礒海《ありそうみ》

あゆの風いたく吹くらし奈呉の蜑の釣りする小舟こぎ隠る見ゆ（大伴家持・万葉集・巻十七）

みなと風寒く吹くらし奈呉の江につま呼びかはし田鶴さはに鳴く（大伴家持・万葉集・巻十七）

藤浪の影なす海の底清み沈著《しつ》く石をも珠とぞわが見る（大伴家持・万葉集・巻十九）

多祜の浦の底さへ匂ふ藤浪をかざして行かむ見ぬ人のため（縄麿・万葉集・巻十九）

おのが波におなじ末葉ぞしをれぬる藤咲く擔籠のうらめしの身や（僧慈円・新古今集・雑上）

荒磯海の浜の真砂とたのめしは忘るることの数にぞありける（不知・古今集・恋五）

いはで思ふ心ありその浜風にたつ白浪のよるぞわびしき（不知・後撰集・恋二）

ウ生子《しやうず》ノ町ニ名有。後《うしろ》ニ湖有《あり》。コレナラン。大半田ニ成《なる》」とある。当時は放生津町に名前が残り、入海は湖になっていたことがわかる。

四 擔籠の藤浪　富山県氷見《ひみ》市下田子《しもたご》。「擔籠」は大伴家持らの清遊地として有名な多祜浦《たこのうら》。その和歌が藤浪（藤の花房が揺れるさま）を詠むところから、藤の名所とされた。藤波神社がある。歌枕。

五 初秋の哀れとふべきものを　初秋の今の趣も一見の価値はあるはずだ、の意。

六 蜑の苫ぶきかすかなれば　漁師の粗末な家があるだけだから、の意。

七 蘆の一夜　一夜、の意。「蘆の一節《ひとよ》」の「ひとよ」を一夜の意に置き換えた。

八 か〵の国　加賀国。能登を除いた石川県にあたる。

九 「わせの香や」句解　早稲《わせ》の香をかき分けるように進みながら、訪ねることのできなかった有礒海の地を思いやる句。「有礒海」は古くは荒磯海と書いて、『八雲御抄』以後は越中国の歌枕とされる。広義には富山湾全体、狭義には雨晴《あまはらし》海岸（高岡市渋谷）の岩礁《がんしょう》地帯という。季語は「早稲」で秋。

三四　金《かな》沢《ざわ》

卯《う》[一]の花山《はなやま》・くりからが[二]谷をこえて、金沢《かなざは》[三]は七月中《なか》[四]の五《いつ》日《か》也《なり》。爰《ここ》に大坂《おほざか》よりかよふ商人《あきんど》何《か》[五]處《しよ》と云《い》ふ者有《あ》り。それが旅宿《りよしゆく》をともにす。一笑《いつせう》[六]と云ふものは、此《こ》の道にすける[七]名のほの〴〵[八]聞《きこ》えて、世に知人《しるひと》も侍《はべ》りしに、去年《こぞ》の冬早《さう》世《せい》したりとて、其《そ》の兄追善《つゐぜん》[九]を催《もよほ》すに、

塚《つか》[一〇]も動け我が泣く聲《こゑ》は秋の風

ある草庵《さうあん》にいざなはれて

秋涼し[一一]手《て》毎《ごと》にむけや瓜茄子《うりなすび》

途《と》中《ちゆう》吟《ぎん》

あか〳〵[一二]と日は難面《つれなく》もあきの風

三四　金沢

一　卯の花山　富山県小矢部《おやべ》市。『奥細道菅菰抄』に「くりから山の続きにて、越中礪波《となみ》郡、となみ山の東に見えたり。源氏が峰と云《いふ》あり。木曽義仲の陣所なり」とある。歌枕。

二　くりからが谷　倶利伽羅《くりから》峠（礪波山《となみやま》）の谷。富山県と石川県との国境。木曽義仲が多数の牛の角に松明をともして平家を追い込んだ古戦場（源平盛衰記）。

三　金沢　金沢市。越後路の章に「加賀の府まで百卅里」とあった酒田出発以後の目的地。

四　七月中の五日　陰暦七月十五日のこと。盂蘭《うら》盆会《ぼんえ》の期間にあたる。

五　何處　大坂《おおざか》の商人で蕉門の俳人（蕉門諸生全伝）。一笑追善集『西の雲』のほか、『猿蓑《さるみの》』にも入集。

六　一笑　小杉氏。通称、茶屋新七。金沢の片町で葉茶屋を営む。若年より俳諧をたしなみ、貞門・談林系の俳書に入集する俊秀だったが、元禄元年（一六八八）の冬に享年三六で没。

七　すける名　「好く」は、風流の道に趣味がある。

今庄町役場の句碑――義仲の寝覚の山か月かなし

倶利伽羅不動寺

願念寺の一笑塚

小《こ》松《まつ》と云ふ所にて

三 しほらしき名や小松吹く萩《はぎ》すゝき

「名」は評判・うわさ。

八 ほの〴〵聞えて いつとはなく次第に聞えて来て、の意。

九 追善 死者の冥福を祈るために、仏事などの善事を追加すること。ここは追善句会のことで、その模様は兄の手で『西の雲』として刊行された。↲

かくばかり雨の降らくに霍公鳥《ほととぎす》卯の花山になほか鳴くらむ（不知・万葉集・巻十）
時鳥卯の花山にやすらひて空に知られぬ月に鳴くなり（法親王守覚・新千載集）

一〇「塚も動け」句解　一笑の早世を知った驚きと悲しみを、秋風に託して死者に呼びかけた句。「塚」は墓に同じ。季語の「秋の風」に悲風《ひふう》の異名がある（詩林良材）。

一一「秋涼し」句解　水に冷えた瓜や茄子を自分でむいて食べるという、その楽しさとおもしろさを詠んで、新涼をもてなす草庵の主への挨拶と↓した句。季語は「秋涼し」で秋。

一二「あか〱と」句解　残暑きびしい中にも、吹く風に秋らしい気分を感じ始めた喜びを詠む句。『古今和歌集』夏歌の最後をかざる「夏と秋とゆきかふ空の通ひ路はかたへ涼しき風や吹くらむ」（凡河内躬《おおしこうちのみ》恒《つね》）や、秋歌の最初にすえる「秋来ぬと目にはさやかに見えねども風の音にぞおどろかれぬる」（藤原敏行）の心に叶う句。季語は「あきの風」で秋。

一三「しほらしき」句解　小松という地名に、秋風に吹かれる路傍の可憐な松を思いやり、そのあたりになびく萩や薄に感じ入る句。季語は「萩すゝき」で秋。

三五　小松

此《こ》[一]・の所太田《ただ》[二]の神社に詣《まう》づ・。真盛《さねもり》[三]が甲《かぶと》・錦《にしき》[四]の切《きれ》あり。往昔《そのかみ》源氏《げんじ》に属《しょく》せし時、義朝公《よしともこう》[五]より給《たま》はらせ給ふ・とかや。げ[六]

三五　小松

一　此の所　石川県小松市。前章の「しほらしき名や」句の前書にある「小松」をうける。

二　太田の神社　小松市上本折《かみもとおり》町。正しくは「多太神社」。「多太」は『出雲国風土記』に見える地名。祭神は地名起源説話に出る衝桙等乎而留比古命《つきほことおてるひこのみこと》。平安末期の武士、斎藤実盛着用の兜《かぶと》を社宝とする。

にも[七]平士《ひらさむらひ》のものにあらず。[八]目庇《まびさし》より[九]吹返《ふきかへ》しまで、[一〇]菊《きく》から草《くさ》のほりもの金《こがね》をちりばめ、[一一]龍頭《たつがしら》に[一二]鍬形《くはがた》打つたり。真盛《さねもり》討死《うちじに》の後《のち》、[一三]木曽《きそ》義仲《よしなか》[一四]願状《ぐわんじやう》にそへて、此《こ》の社《やしろ》[一五]にこめられ

多太神社（蝶夢著『芭蕉翁絵詞伝』）

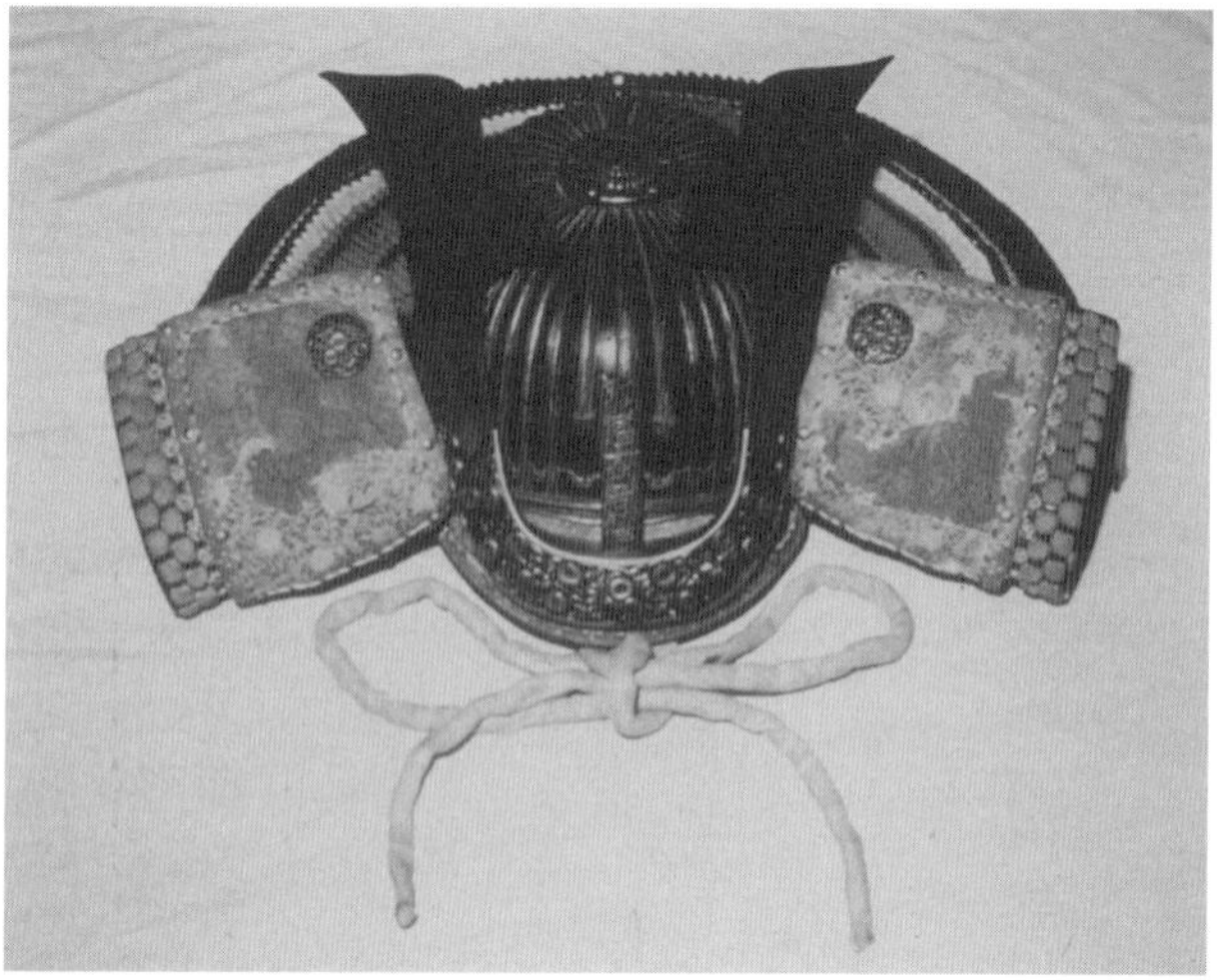

斎藤実盛の兜

三 **真盛が甲**　木曽義仲が幼少時の恩に報いるために多太神社に奉献し、手厚く回向《えこう》したという、実盛の兜。「真盛」は「実盛」が正しいが、当時は混用された。「実盛」は斎藤別当《べっとう》実盛。『平家物語』や謡曲『実盛』によれば、越前に生まれ、源（

侍《はべ》るよし、[一六]樋口《ひぐち》の次郎《じろう》が[一七]使《つかひ》せし事共《ことども》、まのあたり[一八]縁記《えんぎ》にみえたり。

[一九]むざんやな甲《かぶと》の下《した》のきり〴〵す

義朝に仕えて武蔵国武庫の別当となり、長井（埼玉県熊谷市）に移住。そこで暗殺によって父源義《よし》賢《かた》を亡くした二歳の源義仲（のちの木曽義仲）をかくまって養育し、木曽（長野県）に送った。だが、義朝滅亡後は平宗盛に仕え、七十三歳になった寿永二年（一一八三）、皮肉にも実盛の故郷越前へ向けて木曽義仲追討に出る。その際、「故郷に錦を飾る」という諺さながら、宗盛から錦の直《ひた》垂《たれ》着用の許可をもらい、老武者と侮られぬように白髪を黒く染めて勇戦したが、義仲の家臣に加賀国篠原《しのはら》（加賀市篠原町）で討たれた。

四 錦の切 錦の鎧直垂《よろいひたたれ》の切れ端。『源平盛衰記』によれば、宗盛が秘蔵する鎧直垂をもらっている。

五 義朝公 源義朝。為義の長男で、頼朝・義経の父。保元の乱に活躍し、平治の乱に敗れて逃げる途中で家臣に謀殺された。享年三十八。

六 げにも ほんとうに、なるほど。

七 平士 普通の身分の武士。

八 目庇 兜の前方から庇のように出て、額を覆《おお》う金具。眉庇とも書く。

九 吹返し 目庇の左右に耳のように出て、後方に反り返っている部分。

一〇 菊から草 菊唐草。菊の花や葉を唐草のように図案化した模様。「唐草」は蔓《つる》草がからみ合う装飾。

一一 龍頭 兜の前面装飾の竜の形をした金具。

一二 鍬形 兜の前面左右に二本の角のように突き出た装飾金具。古代鍬の形とも、慈姑《くわい》の葉の形ともいう。

一三 木曽義仲 源義仲。平安末期の武将。義賢の二男。父の死後に逃れた木曽山中で成人し、以《もち》仁王《ひとおう》の令旨《りょうじ》を奉じて挙兵。寿永二年（一一八三）には倶利伽羅《くりから》峠に夜襲して、平維盛《これもり》の軍勢を破って京都に入り、寿永三年征夷大将軍に任ぜられ、

→朝日将軍と称したが、範頼・義経の軍に敗れて、近江国粟津原《あわづ》（滋賀県大津市）で戦死。享年三十一。

一四　願状　神仏に祈願する際に、その趣旨を記した文書。ここは義仲の戦勝祈願。

一五　こめられ侍る　奉納なさった、の意。

一六　樋口の次郎　樋口次郎兼光。義仲が頼った中原兼遠の子で、木曽四天王の一人。斎藤実盛とは旧知で、その首級《しるし》を検分した武士。→

一七　使せし事共　使者として来たことなど。

一八　縁記　縁起。社寺の由来や沿革の意で、それを記した文書もいう。

一九　「むざんやな」句解　謡曲『実盛』の一節「樋口《ひぐち》まゐり、唯《ただ》一目みて、涙をはらはらとながいて、あなむざんやな、斎藤別当にて候ひけるぞや」を借りて、実盛の霊を鎮魂した句。秋の季語「きり〴〵す」は今のコオロギで、その鳴き声が哀れを誘う効果をもたらしている。

三六　那谷寺《なたでら》

山中《やまなか》[一]の温泉《いでゆ》に行くほど・白根《しらね》[二]が嶽跡《だけあと》[三]にみなしてあゆむ。左の山際《やまぎは》に観音堂《くわんおんだう》[四]あり。花山《くわさん》の法皇《ほふわう》[五]三十三所の順礼《じゆんれい》とげさせ給《たま》ひて後《のち》、大慈大悲《だいじだいひ》[六]の像を安置《あんぢ》し給ひて、那谷《なた》と名付《づ》け・給ふと也《なり》。那智《なち》[七]・谷組《たにぐみ》[八]の二[九]字をわかち侍り・しとぞ。

三六　那谷寺

一　山中の温泉　石川県加賀市山中温泉。

二　白根が嶽　白山《はくさん》のこと。和歌ではシラヤマと読む。歌枕。加賀（石川県）・飛驒（岐阜県）の国境に位置し、富士山・立山とともに霊山として有名。

三　跡にみなして　後方に見るようにして・背後に見るような形で、の意。

四　観音堂　観世音菩薩《かんぜおんぼさつ》を安置する堂。ここは那谷寺《なたでら》（石川県小松市那谷町《な》）のこと。開基の泰澄

奇石《きせき》さまぐ\に、古松《こしょう》植ゑならべて、萱《かや》ぶきの小堂《せうだう》岩の上に[一〇]造りかけて、[一一]殊勝《しゆしよう》の土地《とち》也《なり》。

[一二]石山《いしやま》の石より白し秋の風

那谷寺の境内

「石山の」句碑

大師が自ら作った千手観世音菩薩を岩窟に祭って本尊とし、その前に大悲閣という堂を設ける。那谷寺の名は、十九歳で仏門に入った、平安時代中期の花山法皇（第六十五代天皇）巡拝の折の命名という。真言宗別格本山。

五　三十三所の順礼　観世音菩薩を本尊とする西

消え果つる時しなければ越路なる白山の名は雪にぞありける（凡河内躬恒・古今集・羇旅）

あら玉の年をわたりてあるが上に降り積む雪の絶えぬ白山（不知・後撰集・冬）

三七　山中温泉

[一]温泉《いでゆ》に浴《よく》す。[二]其《そ》の功《こう》[三]有明《ありあけ》に次《つ》ぐと云《い》ふ。

[四]山中《やまなか》や菊《きく》はたおらぬ湯の匂《にほひ》

↗国三十三か所の寺。

六　大慈大悲の像　観世音菩薩の像のこと。楽を与える心を「慈」、苦を抜く心を「悲」という。「大慈大悲」は菩薩のあわれみ、いつくしむ広い心。

七　那智　那智山青岸渡寺《せいがんとじ》（和歌山県東牟婁《むろ》郡那智勝浦町）。天台宗。西国三十三か所の第一番札所。

八　谷組　谷汲《たにぐみ》山華厳寺（岐阜県揖斐《いび》郡揖斐川町↗谷汲）。天台宗。西国三十三か所の満願（最終）札所。

九　二字をわかち侍りし　「那智」の那、「谷汲」の谷というように、それぞれ一字ずつ切り離して名づけられたということ。

一〇　造りかけて　（崖にもたせかける）懸け造りになっていて、の意。

一一　殊勝の土地　神聖で敬虔な気持ちになるような土地。

一二　「石山の」句解　中国で、秋を白秋あるいは素秋と形容する伝統に基づいて、那谷寺の岩山の白さと、それ以上に白く感じられる秋風を描いて、那谷寺の厳粛な姿を称える句。季語は「秋の風」で秋。

三七　山中温泉

一　温泉　石川県加賀市山中温泉のこと。当時は総湯という共同浴場であったという。

二　其の功　「功」は「効」が正しい。山中温泉の効能、の意。

三　有明に次ぐ　「有明」は「有馬」が正しい。有

あるじとする物《もの》は[五]久米之助《くめのすけ》とて、いまだ小童也《せうどうなり》。[六]かれが父[七]誹諧《はいかい》を好《この》み、[八]洛《らく》の貞室若輩《ていしつじやくはい》のむかし爰《ここ》に来《きた》りし比《ころ》、[九]風雅《ふうが》に辱《はづか》しめられて、洛に帰りて[一〇]貞徳の門人となつて世にしらる。[一一]功名《こうめい》の後《のち》、[一二]此の一村[一三]判詞《いつそんはんじ》の料《れう》を請《う》けずと云ふ。[一四]今更《いまさら》むかし語《がたり》とはなりぬ。

山中温泉大聖寺川

道明が淵の「山中や」句碑

馬温泉（兵庫県神戸市北区有馬町）は古来の名湯で歌枕でもある。曽良本は「有間に次ぐ」。

四「山中や」句解　菊の露を飲んで不老長寿を得たという中国の故事を引き合いに出して、山中温泉の効能はその菊を必要としないと賞賛した句。温泉宿の主人久米之助への挨拶句である。踏まえる故事は、貴人に仕える小童が罪を得て流罪になったが、その地で吸った菊の葉の下露のおかげで、不老不死の仙人になったという話で、謡曲『菊慈童《きくじどう》』などで知られた。季語は「菊」で秋。

五 久米之助　山中の温泉宿、和泉屋甚左衛門《じんざえもん》の

↗幼名。芭蕉来遊時に十四歳で蕉門に入り、桃夭《とうよう》の俳号を与えられた。
六 かれが父 久米之助の父、和泉屋又兵衛豊連。武矩ともいう。ただし、『曽良旅日記』俳諧書留の記事によれば父ではなく「久米之助祖父」をさす。後述の「風雅に辱しめられて」の解説を参照。
七 誹諧を好み 曽良本は「誹諧を好て」。
八 洛の貞室 安原貞室。紙商を営む。俳諧は松永貞徳の門人。師の没後、貞徳二世を名のる。
九 風雅に辱しめられて 「風雅」は俳諧。俳諧で恥をかかされて、の意。『曽良旅日記』俳諧書留に「貞室若クシテ彦左衛門ノ時、加州山中ノ湯へ入テ、宿泉や又兵衛ニ被進《すすめられ》俳諧ス。甚《はなはだ》恥悔《はぢくゆる》。↘京ニ帰テ始《はじめて》習《ならひ》テ名人トナル。〈中略〉以後、山中ノ俳、点料ナシニ致《いたし》遣《つかは》ス。又兵《またべ》ヘハ今ノ久米之助祖父也」とある。
一〇 貞徳 松永貞徳。江戸初期の歌人・俳人。京都の人。細川幽斎に和歌を、里村紹巴《じょうは》に連歌を学んで、貞門俳諧の始祖とされる。
一一 功名の後 功を立て、名を挙げた後。
一二 此の一村 この山中村の人々からは、の意。
一三 判詞の料 作品に評点をほどこした謝礼金。宗匠の収入で、点料ともいう。
一四 今更 今となって・今それを考えてみると、の意。

三八 全昌寺《ぜんしょうじ》

曽良《そら》は腹を病《や》みて、伊勢《いせ》の国長嶋《ながしま》と云ふ所にゆかりあれば、先立《さきだ》ちて行くに、

三八 全昌寺
一 伊勢の国長嶋 三重県桑名市長島町。当時は松平佐渡守《さどのかみ》忠充の城下町。曽良は若年に長島藩に仕官していて、知己の多い土地であった。
二 「行き〱て」句解 芭蕉と別れて、一人旅になる曽良の覚悟を述べる。『文選《もんぜん》』巻二十九・古詩十九首中の「行行《かうかう》トシテ重テ行行ス君ト生《い》キナガラ別離ス」

行き[二]〳〵てたふれ伏《ふ》すとも萩《はぎ》の原《はら》

曽良

と書置《かきお》きたり。行くもの、悲しみ、残るもの、うらみ、隻鳧《せきふ》[三]のわかれて雲にまよふがごとし。予《よ》も又《また》、

今日《けふ》[四]よりや書付《かきつけ》消さん笠《かさ》の露《つゆ》

大聖持《だいしやうぢ》[五]の城外《じやうぐわい》[六]、全昌寺《ぜんしやうじ》[七]といふ寺にとまる。猶加賀《なほかが》の地《ち》也《なり》。曽良も前の夜《よ》此の寺に泊《とま》りて、

終宵《よもすがら》[八]秋風聞くやうらの山

と残す。一夜《いちや》[九]の隔《へだ》て千里に同じ。吾《われ》も秋風を聞きて衆寮《しゆれう》[一〇]に臥《ふ》せば、明《あけ》ぼのゝ空近う、讀経聲《どきやうこゑ》[一一]すむまゝに、鐘板《しようばん》[一二]鳴つて食堂《じきだう》[一三]に入《い》る。けふは越前《ゑちぜん》[一四]の国へと、心早卒《こころさうそつ》[一五]にして堂《だう》下《か》に下《くだ》るを、若き僧ども紙・硯《すずり》[一六]をかゝへ、階《きざはし》[一七]のもとまで

を踏まえる句。季語は「萩の原」で秋。

三 隻鳧のわかれて 「隻鳧」は一羽の鳧《けり》。（二羽で仲良く飛んでいた鳧のうち）一羽が別れて、の意。『蒙求《もうぎゅう》』李陵初詩に「雙鳧《そうふ》倶《ともニ》北《ニ》飛《ブ》　一鳧独《リ》南《ニ》翔《かけル》」とあり、『源平盛衰記』巻八「漢朝蘇武《そぶガ》事」に引かれる。

四 「今日よりや」句解 曽良を先立たせて、一人旅になる芭蕉の覚悟を述べる。順礼者に倣《なら》って笠に書き付けていた「乾坤《けんこん》無住 同行《どうぎょう》二人」の文字を消そうという句で、曽良の別離の句に対する応酬。季語「露」に悲しみの涙の意をこめる。

五 大聖持 石川県加賀市大聖寺。当時は前田飛《ひ》驒守利明《だのかみとしあき》の城下町で、「大正持」を公式の表記としたが、「大聖寺」「大正寺」も混用された。「大聖持」もその例。

六 城外 城下町のはずれ。

七 全昌寺 熊谷山《ゆうこくさん》全昌寺。大聖寺神明町。大聖寺城主の菩提寺で、曹洞《そうとう》宗。山中温泉で泊まった和泉屋の菩提寺。

八 「終宵」句解 芭蕉と別れて、眠れぬ一人旅の寂しさを、秋風にこと寄せて詠んだ句。季語は

追来《おひきた》る。一八折節《をりふし》庭中《ていちゆう》の柳《やなぎ》散れば、

一九庭掃《は》きて・出《い》でばや寺に散る・柳

二〇とりあへぬさまして草鞋《わらぢ》ながら書捨《かきす》つ。

三九　汐越《しおこし》の松《まつ》

→「秋風」で秋。

九　一夜の隔て千里に同じ　一晩会わないだけだが、千里も離れてしまった気がする、の意。『閑《かん》吟《ぎん》集』に「千里も遠からず、逢はねば咫尺《しせき》も千里よなう」、『京安小歌集』に「訪へば千里も遠からじ、訪はねば咫尺も千里よの」などとあり、慣用句的な表現。

一〇　衆寮　禅宗寺院で修行僧が茶湯《ちやとう》や読書などに励んで、智慧《ちえ》をみがく寮舎。

一一　讀経聲すむまゝに　読経がすすみ、声も→澄みわたって、の意。

一二　鐘板　雲板《うんばん》に同じ。寺で合図のために叩く板。

一三　食堂　寺院の食堂。

一四　越前の国　若狭を除く福井県の大部分。

一五　心早卒にして堂下に下る　「早卒」は「草卒」が正しい。心あわただしくお堂の下に降りる、の意。

一六　紙・硯をかゝへ　曽良本は「紙硯をかゝへて」。

一七　階のもと　階段の下。

一八　折節　ちょうどその時。

一九「庭掃きて」句解　散りはじめた柳の落葉を見て、禅宗の作務《さむ》という礼儀に従って、庭を掃除してから出立したいと、一宿の礼を述べた句。季語は「散る柳」で秋。

二〇　とりあへぬさまして　とり急いだ即興の趣向で、の意。

三九　汐越の松

一　吉崎の入江　福井県あわら市吉崎。「吉崎」は加賀国と越前国の国境にまたがっていた漁村。「入

越前《ゑちぜん》の境《さかひ》、吉崎《よしさき》[一]の入江《いりえ》を舟に棹《さを》さして、汐越《しほこし》[二]の松《まつ》を尋ぬ。

終宵《よもすがら》[三]嵐《あらし》に波をはこばせて
　　月をたれたる汐越の松　　西行

此《こ》の一首《いつしゆ》にて数《す》[四]景《けいつ》盡きたり。もし一辨《いちべん》[五]を加ふるものは、

(上)全昌寺、(下)汐越の松

江」は吉崎から南西に入り込んだ今の北潟湖。浄土真宗中興の祖蓮如上人《れんによしようにん》の遺跡があり、その一《いっ》向《こう》宗道場である吉崎御坊があった。

二　汐越の松　あわら市浜坂。吉崎の対岸の日本海に面した砂丘にあった数十本の松。

三「終宵」歌意　嵐に夜通し揺れる汐越の松と、その岸辺に打ち寄せる波しぶきの景を、沈みつつある早朝の月光によって賞美した歌。『奥細道菅菰抄』などに蓮如上人の作という伝承もあるが、近松門左衛門の『傾城反魂香《けいせいはんごんこう》』は「当国の名木は、西行が汐越の松」とし、芭蕉も西行作と信じている。

四　数景盡きたり　絶景のすべてが描き尽くされている、の意。

五　一辨　一言一句。

六　無用の指を立つる　五本の指にさらに一本加える（まったく無駄なこと）、の意。『荘子』駢拇《へんぼ》篇「手枝《ニアル》者《ハ》無用《ノ》指《ヲ》樹《たてタル》也」による。

[六]無用《むよう》の指を立つるがごとし。

四〇　天龍寺《てんりゆうじ》・永平寺《えいへいじ》

[一]丸岡天龍寺《まるをかてんりうじ》の[二]長老《ちやうらう》、[三]古き因《ちなみ》あれば尋ぬ。又《また》金沢の[四]北枝《ほくし》といふもの、[五]かりそめに見送りて、此《こ》の処《ところ》まで[六]したひ来《きた》る。所〻《ところどころ》の風景過《すぐ》さず思ひつゞけて、折節《をりふし》[七]あはれなる作《さく》意《い》など聞《きこ》ゆ。今既《すで》に別れに望《のぞ》みて、

[八]物《もの》書きて扇《あふぎ》引きさく余波《なごり》哉《かな》

五十丁山に入りて[九]永平寺《えいへいじ》を礼《らい》す。[一〇]道元禅師《だうげんぜんじ》の御寺也《みてらなり》。[一一]邦機千里《はうきせんり》を避《さ》けて、かゝる山陰《やまかげ》に[一二]跡《あと》をのこし給《たま》ふも、[一三]貴《たふと》きゆへ有りとかや。

四〇　天龍寺・永平寺

一　丸岡天龍寺　「丸岡」は松岡の誤り。福井県吉田郡永平寺町松岡。清涼山天龍寺。曹洞《そうとう》宗。当時、松平中務大輔《なかつかさのたゆう》昌勝の城下町で、寺は藩主松平家の菩提寺。なお「丸岡」は隣町（坂井市丸岡町）。

二　長老　禅宗で住職のこと。当時の大夢和尚はかつて江戸品川の天龍寺住職であったという（清涼山指南書）。

三　古き因　旧知の間柄、の意。

四　北枝　立花源四郎。北枝は俳号。金沢で研師《とぎし》を職業とする。談林俳諧を嗜《たしな》んだが、芭蕉来遊を機に兄の牧童とともに入門。金沢から山中温泉を経て松岡までの二十五日間を芭蕉に随行し、親しく教えを受けた（山中問答）。

五　かりそめに見送りて　ついちょっとその辺まで見送りましょうと見送ってきて、の意。

六　したひ来る　お供をしてやって来た、の意。

七　あはれなる作意　おもむき深い作品、の意。

八　「物書きて」句解　別れに際し、発句と脇（句）の応酬を記した扇を裂いて形見に分け与える。そ

永平寺 唐門(勅使門)

の一場面を描いて、北枝と離別する悲しみの強さを表現した句。北枝編の『卯《う》辰集《たつしゅう》』に「松岡にて翁に別《わかれ》侍し時、あふぎに書て給る／もの書て扇子へぎ分る別《わかれ》哉　翁／笑ふて霧にきほひ出ばや　北枝／となく〳〵申侍る」とある。発句と脇（句）の応酬については巻末の「解説」を参照。季語は「扇置く」という内容によって秋。

九　永平寺　吉祥山永平寺。吉田郡永平寺町。曹洞宗大本山。開山は道元禅師。

一〇　道元禅師　日本の曹洞宗の始祖。京都の人。内大臣久我通親《こがのみちちか》の子。天台宗を極めて入宋《にっそう》、帰朝後に曹洞禅を開く。のちに越前領主波多野義重の懇請により、福井に移って法を説いた。

一一　邦機　「邦畿」が正しい。都に近い君主直轄《ちょっかつ》の地。

一二　跡をのこし給ふも　「跡」は教化の跡。永平寺をお残しになったのも、の意。

一三　貴きゆへ　深い理由。道元が宋の国で学んだ禅師が震旦《しんたん》越州（浙江《せっこう》省）の人だったので、越前（福井）に行くのは師の郷里に行く心地がすると喜んだという（越前国名勝志）。

四一　福井

福井《ふくゐ》[一]は三里計《ばかり》なれば、夕飯《ゆふめし》したゝめて出《い》づるに、たそかれの路《みち》[二]たど〳〵し。爰《ここ》に等栽《とうさい》[三]と云《い》ふ古き隠士《いんじ》[四]有《あ》り。いづれの年にか[五]江戸《えど》に来《きた》りて予《よ》を尋ぬ。遙《はる》か[六]十《と》とせ餘《あま》り也《なり》。いかに老いさらぼひて有るにや、将《はた》死にけるにやと、人に尋ね侍《はべ》れば、いまだ存命《ぞんめい》して、「そこ〳〵」と教ゆ。市中《しちゆう》[七]ひそかに引入《ひきい》りて、あやしの[八]小家《こいへ》に夕皃《ゆふがほ》[九]・へちま[一〇]のはえかゝりて[一一]、鶏頭《けいとう》[一二]・はゝ木〻《きぎ》[一三]に戸《と》[一四]ぼそをかくす。さては此《こ》のうちにこそと、門を扣《たた》けば、侘《わび》しげなる女の出《い》でて、「いづくよりわたり給ふ[一五]道心《だうしん》[一六]の御坊《ごばう》にや。あるじは此のあたり何《なに》がしと云《い》ふものゝ方《かた》に行きぬ。もし用あ

四一　福井

一 福井　福井県福井市。当時は松平兵部大輔《ひょうぶのたゆう》昌親《まさちか》の城下町。

二 たど〳〵し　いかにも不案内である・進もうにも状況がよくわからない、の意。

三 等栽　正しくは洞哉（本隆寺洞哉文書）。越前福井の人。詳細未詳。

四 古き隠士　昔から俗世間を逃れて生きている人。

五 いづれの年にか　曽良本は「いづれの年にや」。いつの年であったか、の意。

六 遙か十とせ餘り也　元禄二年の十年前とすれば、芭蕉が江戸市中から江東深川に移り住む前年の延宝七年（一六七九）で、芭蕉三十六歳。

七 市中ひそかに引入りて　等栽を大隠《たいいん》と称える言葉。大隠は徹底した隠者のことで、山林に隠れず、人の集まる町で超然と暮らしている人。王康琚《おうこうきょ》「反招隠《はんしょういん》」に「大隠は朝市《ちょうし》に隠る」（文選）とある。

八 あやしの小家　粗末で小さな家。『源氏物語』夕顔で、光源氏が夕顔の宿を訪ねた場面に、「花

らば尋ね給へ」といふ。かれが妻なるべしとしらる。一七むかし物がたりにこそかゝる風情《ふぜい》は侍《はべ》れと、やがて尋ねあひて、その家に二夜《ふたよ》とまりて、名月《めいげつ》は一八つるがのみなとにとたび立つ。等栽も共《とも》に送らんと、裾《すそ》おかしうからげて、一九路《みち》の枝折《しをり》とうかれ立つ。

等栽宅跡（福井市左内公園）

の名は人めきて、かうあやしき垣根になむ、咲き侍りける、と申す。げにいと小家がちに」とある。

九 夕皃 夕顔。ウリ科の一年生草本。夏の夕方に白い花を咲かせ、朝にはしぼむ。果実は干瓢《かんぴょう》にする。

一〇 へちま 糸瓜。ウリ科の一年生草本。蔓性の茎でからみつき、夏に黄色の花をつける。果実は強靭《きょうじん》な繊維組織を持つ。

一一 はえかゝりて 蔓を延ばしてからまって、の意。

一二 鶏頭 ヒユ科の一年生草本。茎は赤みを帯び、夏から秋にかけ赤または黄の小花をつけて、鶏冠《けいかん》状をなす。

一三 はゝ木ゝ 帚木《ははきぎ》。ホウキグサのこと。アカザ科の一年生草本。赤色の茎が枝分かれし、草箒の材料となる。黄緑色の小花が結実して食用になる。

一四 戸ぼそ 扉または戸。

一五 わたり給ふ 「わたる」は「来る」で、おいでになられた、の意。

一六 道心の御坊 仏に仕えるお坊さん。「道心」

↗は仏道を信仰する心。僧形《そうぎやう》の芭蕉と曽良は市振の章でも僧侶と間違えられた。

一七 むかし物がたりにこそ　昔の物語には、の意。『源氏物語』夕顔に「昔物語などにこそかかることは聞け、と、いとめづらかにむくつけけれ↘ど」とある。

一八 つるが　敦賀市。敦賀湾に面する北陸第一の港町。歌枕。

一九 路の枝折　道案内。

四二　敦賀《つるが》

漸《やうやう》白根《しらね》が嶽《だけ》[一]かくれて、比那《ひな》が嵩《だけ》[二]あらはる。あさむづ[三]の橋をわたりて、玉江《たまえ》[四]の蘆《あし》は穂《ほ》[五]に出《い》でにけり。鶯《うぐひす》の関《せき》[六]を過ぎて、湯尾峠《ゆのをたうげ》[七]を越ゆれば燧《ひうち》が城《じやう》[八]、かへるやま[九]に初鴈《はつかり》を聞きて、十四日の夕ぐれ、つるがの津《つ》に宿をもとむ。

その夜、月殊《こと》に晴れたり。「あすの夜《よ》もかくあるべきにや」といへば、「越路《こしぢ》の習《なら》ひ、猶明夜《なほめいや》[一〇]の陰晴《いんせい》はかりがたし」と、あるじに酒すゝめられて、けい[一一]の明神《みやうじん》に夜参《やさん》

四二　敦賀

一 白根が嶽　白山。那谷寺の章に「白根が嶽跡にみなしてあゆむ」とあった。

二 比那が嵩　日野山。福井と敦賀の間、福井県越前市の南東に位置する。越前富士と呼ばれる山岳信仰の山。

三 あさむづの橋　福井市浅水《あそうず》町。「朝津《あそうづ》の橋」「朝六つの橋」ともいい、下を麻生津《あそうづ》川が流れる。北陸道と美濃街道の分岐に位置する宿場であった。『枕草子』に「橋は、浅むづの橋」と伝え、催馬《さいば》楽《ら》にも唄われる。歌枕。

四 玉江の蘆　「玉江」は福井市花堂《はなんどう》を流れる小川。『名所方角抄』に「あさふ津と云所に江川有、是を玉江と云」とも伝える。和歌に「芦」を詠む歌枕。

す。[一二]仲哀《ちゆうあい》天皇の御廟也《ごべうなり》。社頭《しやとう》神《かみ》[一三]さびて、松の木《こ》の間《ま》に月のもり入《い》りたる、おまへの白砂《はくさ》[一四]霜《しも》を敷《し》けるがごとし。「往昔《そのかみ》遊行《ゆぎやう》[一五]二《に》世《せ》の上人《しやうにん》、大願發起《たいぐわんほつき》[一六]の事《こと》ありて、みづから草を刈《か》り・土《ど》石《せき》を荷《にな》ひ、泥渟《でいてい》[一七]をかはかせて、参詣往来《さんけいわうらい》の

五　穂に出でにけり　すでに穂が出てしまっていた。

六　鶯の関　南条郡南越前町湯尾にあった関所。『奥細道菅菰抄』に「鶯の関は、関の原といふ名所なり」とある。歌枕。

七　湯尾峠　南越前町にある峠。当時の湯尾宿と今庄宿との間（北陸本線湯尾トンネルの上）にあたり、峠の茶屋があった。

玉江二の橋

湯尾峠（『二十四輩順拝図会』前篇巻二）

気比神宮

煩《わづらひ》なし。古例《これい》今にたえず、神前《しんぜん》に真砂《まさご》を荷《にな》ひ給《たま》ふ。これを[一八]遊行の砂持《すなもち》と申し侍る」と、亭主《ていしゅ》かたりける。

[一九]月清し遊行のもてる砂の上

十五日、亭主の詞《ことば》にたがはず雨降る。

[二〇]名月や北国《ほっこく》日和《びより》定めなき

言伝てん人の心もあやふきにふみだにも見ぬあさむづの橋（藤原定家・夫木抄）

玉江こぐ芦刈り小舟さしわけて誰を誰とか我は定めん（不知・後撰集・雑）

鳴きかはす鶯の音にしきられてゆきもやられぬ関の原かな（源仲正・夫木抄）

かへる山ありとは聞けど春霞たち別れなば恋しかるべし（紀利貞・古今集・離別）

我をのみ思ひつるがの越ならば帰るの山は惑はざらまし（不知・後撰集・離別羇旅）

気比の海の庭よくあらし刈薦の乱れて出づみゆ海人の釣船（柿本人

八　燧が城　木曽義仲の城跡。南越前町今庄の藤倉山の東端（今庄駅の南）にあった。

九　かへるやま　帰山。南越前町今庄にある低い丘。『曽良旅日記』に「右ハ火ウチガ城、十丁程行《ゆき》テ、左《ひだ》リ、カエル山有。下ノ村、カヘルト云《いふ》」とある。歌枕。

一〇　明夜の陰晴　明日の八月十五夜の空が曇るか晴れるかは、の意。孫明復《そんめいふく》「八月十四夜」に「清樽素《セイソンソ》瑟《シツ》宜シク　先ヅ賞スベシ　明夜ノ陰晴未ダ知ル可カラズ」（錦繍段）とある。

一一　けいの明神　気比神宮。敦賀市曙町。越前国の一の宮。『日本賀濃子』に「仲哀天皇の御垂跡《スイジヤク》、石清水御同躰《イハシミヅゴドウタイ》也。天皇角鹿《ツルガ》ニ幸《ミユキ》の時、行宮《アンキウ》を興《タテ》て笥飯《ケイ》の宮といふ」とある。よって、気比はケイと発音するのが妥当。

一二　仲哀天皇　第十四代天皇。日本武尊《やまとたけるのみこと》の第二皇子。御陵は河内国（大阪府藤井寺市）だが、気比神宮にも合祀《ごうし》。

一三　神さびて　「神さぶ」は、神々しい・荘厳である、の意。

一四　白砂霜を敷けるがごとし　白砂は一面に↙

麻呂・万葉集・巻三）

霜を置いたように見える、の意。白楽天「江楼夕望招客」に「月照セバ二平沙ヲ一夏ノ夜ノ霜」（白氏文集）とある。

一五 遊行二世の上人 他阿《たあ》上人。時宗の開祖一遍上人（遊行一世）の後継者。

一六 大願發起の事 「大願」は仏が衆生を救おうとする願い。「発起」は思いたって事を始めること。近くの沼に住む毒竜に悩む気比の明神を慰めようと、他阿上人が砂を運んで、その沼を埋めたという。→

一七 泥渟 泥水のたまり。

一八 遊行の砂持 新しく法位を継いだ遊行上人は他阿上人の事蹟を記念して、一度必ず気比神宮の社前に海浜の砂を敷いたという行事。

一九 「月清し」句解 十五夜前夜の清らかな月光に照らされる神前の砂をとらえて、代々の遊行の砂持を称える句。季語は「月」で秋八月。

二〇 「名月や」句解 待望の名月が、宿の亭主の言葉通り雨月になってしまったことを慨嘆する句。季語は「名月」で秋八月。

四三　色の浜

十六日、空霽《そらは》れたれば、[一]ますほの小貝《こがひ》ひろはんと、[二]種《いろ》の濱《はま》に舟を走《は》す。海上七里《かいしやうしちり》あり。[三]天屋《てんや》何某《なにがし》と云《い》ふもの、[四]破籠《わりご》・[五]小竹筒《ささえ》など[六]こまやかにしたゝめさせ、[七]僕《しもべ》あまた舟

四三　色の浜

一 ますほの小貝 淡紅色で黄褐色《おうかっしょく》を帯びた小さな貝。「ますほ」は「まそほ」に同じで真赭《まそほ》と書き、赤い色。大きさは子どもの小指の爪程度で、色の浜の名物。西行の「汐染《しほそ》むる」という和歌を踏まえた。

二 種の濱 福井県敦賀市色浜。敦賀湾北西部にあたる。本文に「海上七里」とあるが、二里（八キロメートル）ほど。歌枕。

にとりのせて、追風《おひかぜ》[八]時のまに吹着《ふきつ》きぬ。濱《はま》[九]はわづかなる海士《あま》の小《こ》家《いへ》にて、侘《わび》しき法花《ほつけ》寺《でら》[一〇]あり。爰《ここ》に茶を飲み酒[一一]をあたゝめて、夕[一二]ぐれのさびしさ感《かん》[一三]に堪《た》へたり。

色の浜

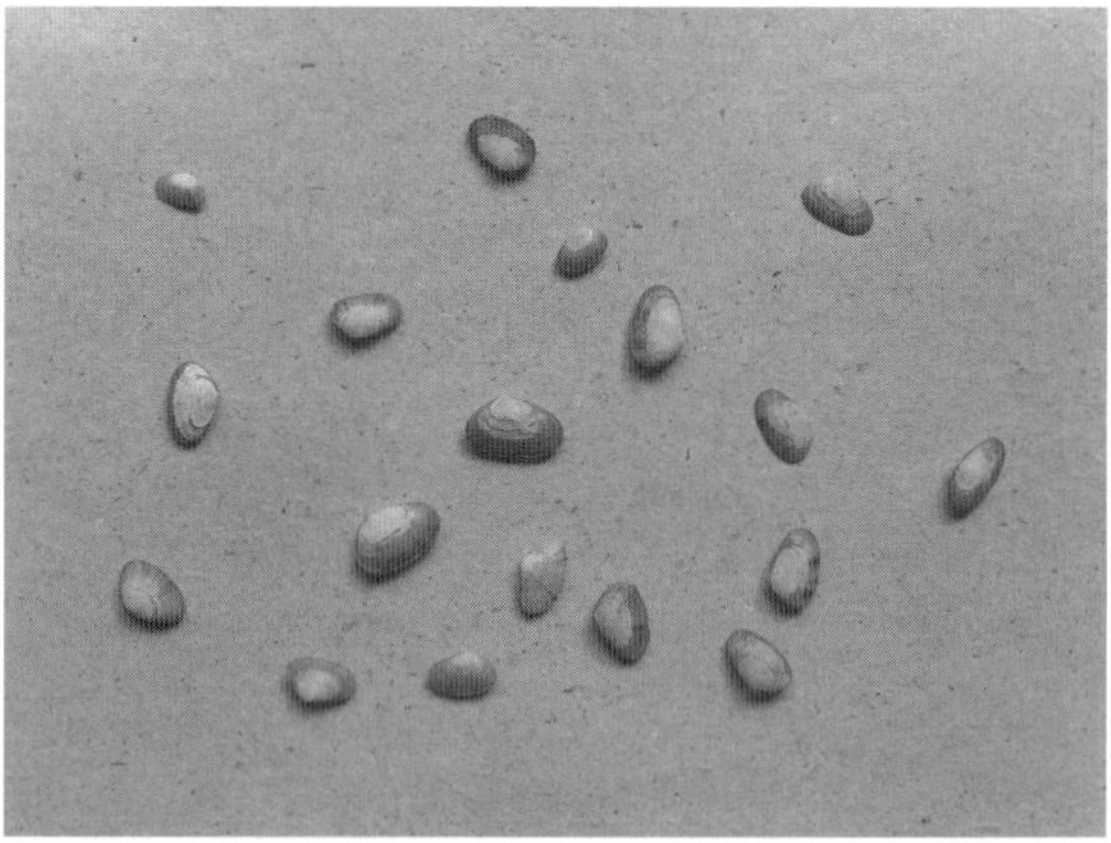
ますほの小貝

色浜の本隆寺

三 天屋何某 室《むろ》五郎右衛門。「天屋」は屋号。廻船問屋。俳号は水魚、のちに玄流。『曽良旅日記』に「翁へ手紙認《したため》、預置《あづけおく》」とある。

四 破籠 ヒノキの白木の折箱で、中に仕切りのある弁当箱。

五 小竹筒 酒を入れて携行する竹の筒。↖

一四 寂《さび》しさや須《す》磨《ま》にかちたる濱の秋

一五 浪《なみ》の間《ま》や小貝にまじる萩《はぎ》の塵《ちり》

其《そ》の日のあらまし、等栽《とうさい》に筆をとらせて寺に残す。

汐染むるますほの小貝拾ふとて色の浜とは言ふにやあるらん（西行法師・山家集・雑）
山おろしにもみぢ散り敷く色の浜冬は越路の泊まりさびしな（寂然法師・夫木抄）

六 こまやかにしたゝめさせ　あれこれと念入りに用意させて、の意。
七 僕　召使い。
八 追風時のまに吹着きぬ　追い風をうけて、わずかの時間で到着した、の意。「日長きころなれば、追風さへそひて、まだ申《さる》の時ばかりに、かの浦に着き給ひぬ」（源氏物語・須磨）を踏まえる。
九 わづかなる　貧弱な・みすぼらしい、の意。
一〇 法花寺　法華宗（日蓮宗）の寺、の意。本隆寺のこと。敦賀市色浜。→

一一 酒をあたゝめて　白楽天の「林間ニ酒ヲ煖メテ紅葉ヲ焼ク　石上《せきしよう》ニ詩ヲ題シテ緑苔《りよくたい》ヲ払《はら》フ」（和漢朗詠集・秋興）を借りた表現。
一二 夕ぐれのさびしさ　「秋は、夕暮れ」（枕草子）を賞美するという美学は、『新古今和歌集』秋上の、「寂しさはその色としもなかりけり真木立つ山の秋の夕暮れ」（寂蓮《じやくれん》法師）、「心なき身にもあはれは知られけり鴫《しぎ》立つ沢の秋の夕暮れ」（西行法師）、「見わたせば花も紅葉もなかりけり浦の苫屋《とまや》の秋の夕暮れ」（藤原定家）などに受け継がれ、重んじられた。
一三 感に堪へたり　深く感動した、の意。「感に堪へない」に同じ。
一四 「寂しさや」句解　『源氏物語』以来、秋の寂しさを代表する場所となった須磨を引き合いにして、北国の一漁村の寂しさを賞美する句。「須磨にはいとゞ心づくしの秋風に、海は少し遠けれど、行平《ゆきひら》の中納言の関吹き越ゆるといひけむ浦波、夜々はげにいと近く聞えて、またなくあはれなるものは、かゝる所の秋なりけり」（源氏物語・須磨）とあり、芭蕉も「かゝる所の秋なりけりとか

↘や。此の浦の実《まこと》は秋をむねとするなるべし」（笈の小文）と書いている。季語は「秋」。
一五「浪の間や」句解　こぼれ散る紅紫色の萩↘

四四　大垣

[一]露《ろ》通《つう》も此《こ》のみなとまで[二]出《い》でむかひて、[三]みのゝ国へと伴《ともな》ふ。駒《こま》にたすけられて[四]大垣《おほがき》の庄《しやう》に入《い》れば、曽良《そら》も伊勢《いせ》より来《きた》り合《あ》ひ、[五]越人《ゑつじん》も馬をとばせて、[六]如行《じよかう》が家《いへ》に入集《いりあつま》る。[七]前川子《ぜんせんし》・[八]荊口父子《けいこうふし》、其《そ》の外《ほか》したしき人々《ひとびと》日夜《にちや》とぶらひて、[九]蘇生《そせい》のものにあふがごとく、且悦《かつよろこ》び且《かつ》いたはる。[一〇]旅の物《もの》うさもいまだやまざるに、[一一]長月六日《ながつきむいか》になれば、[一二]伊勢《いせ》の迁《せん》宮《ぐう》おがまんと、[一三]又《また》舟にのりて、

の繊細な花屑《はなくず》を添えて、可憐《かれん》なますほの小貝の美しさを称える句。季語は「萩」で秋。

四四　大垣
一　露通　斎部《いんべ》路通。露通とも書く。もと三井寺の学僧。乞食《こつじき》放浪を続け、芭蕉を慕って入門。『おくのほそ道』行脚《あんぎや》のころは上方にいた。
二　出でむかひて　出迎えに来て、の意。
三　みのゝ国　美濃国。岐阜県南部にあたる。
四　大垣の庄　岐阜県大垣市。当時、戸田采女正《うねめのしよう》氏定《うじさだ》の城下町。「庄」は町（地方）の擬古的な用い方。
五　越人　越智《おち》十蔵。北越の人。名古屋で染物屋を営み、貞享《じようきよう》五年（一六八八）秋の『更科《さらしな》紀行』で芭蕉に随伴した。
六　如行　近藤源太夫。大垣藩士。のちに出家。
七　前川子　津田庄兵衛。大垣藩士。「子」は敬称。
八　荊口父子　荊口は宮崎太左衛門。大垣藩士。その子は宮崎太右衛門で、俳号を此筋《しきん》という。当時十七歳。
九　蘇生のもの　生き返った者。草加の章に「若《も》し生きて帰らば」とあった。

一四
蛤《はまぐり》のふたみにわかれ行《ゆく》秋《あき》ぞ

(上)水門川
(左)奥の細道むすびの地

一〇 旅の物うさ　旅の疲労からくる、心が進まず、物事が億劫に感じられる状態。

一一 長月六日　陰暦九月六日。

一二 伊勢の迁宮　「迁」は「遷」の俗字。伊勢神宮で二十一年目ごとに行う改築遷座式。この年、内宮《ないくう》が九月十日、外宮《げくう》は九月十三日に挙行。

一三 又舟にのりて　また舟で旅立つにあたり、の意。大垣の水門《すいもん》川から揖斐《いび》川に出て伊勢に向かった。

一四 「蛤の」句解　伊勢の名産である蛤を素材に、留別の寂しさと、永遠の旅人としての覚悟を詠んだ句。旅立ちである千住の章の「行春や鳥啼き魚の目は泪」という句に照応。「ふたみ」に地名の二見と「蛤の」蓋と身を掛け、さらに見る意も含む。二見は三重県伊勢市二見町の二見浦で、夫婦《めおと》岩で知られる名勝。「行」は別れ行く意と、終わり行く秋を掛ける。季語は「行秋《ゆくあき》」で秋。

解説

『おくのほそ道』はどう読めばよいのか

谷地快一

一、『写真で歩く奥の細道』出版の意図

芭蕉は元禄二年（一六八九）、陰暦の三月末から九月の初めにかけて、およそ五か月に及ぶ旅をした。それは江東深川の芭蕉庵を出立して、今の東北・北陸の諸国を遊歴し、岐阜県の大垣から舟に乗って、伊勢の遷宮を拝みに出かけるまでの、旅程六百里にも及ぶ紀行である。だが描かれたものは旅の事実ではなく、理想化された俳諧師の旅と旅人像であった。その創作の名称が「奥の細道」で、近年は『おくのほそ道』と表記することが多い。理由は素龍《そりよう》という人物が清書した本の題簽《だいせん》に、芭蕉が自筆で「おくのほそ道」と書いているからである。なお、題簽とは和漢の書物の表紙に、書名を記して貼り付けた短冊形の紙片（布片）のことである。

本書は、『おくのほそ道』ゆかりの古歌とともに、今は亡き俳文学者久富哲雄のファインダーがとらえた写真を先行書にない規模で掲出し、それによって『おくのほそ道』と読者との対話に便宜をはかろうとするものである。作品そのものの価値を純粋に問う人は奇異の感を抱くかもしれないが、草加の章に「耳にふれていまだめに見ぬさかひ」とあるように、芭蕉自身の旅の目的は古歌で覚えていても実際には行ったことのない土地を訪ねることで、各地における古典との対話の成果が『おくのほそ道』なのである。とすれば、本書に掲出する古歌と研究者の眼がとらえた写真が、芭蕉の風狂と向き合おうとする読者に一定の役割を果たすことであろう。

久富哲雄は「奥の細道の番人」と評された芭蕉学者で、昭和から平成の時代にいたる五十年あまり、『おくのほそ道』の実地踏査を重ね、作品の理解につながる写真を撮り続けた。人は、たとえば歌枕が和歌によって作られた場所であって、必ずしも和歌を詠んだ場所を意味しないように、近代の風景が芭蕉が歩いたみちのくのそれである保証は少しもないと言うかもしれない。だが古歌を知らない者の『おくのほそ道』理解がおぼつかないよう

に、脳裏に風景を思い描けない人の読書も頼りないものであろう。本書の書名を『写真で歩く奥の細道』とするゆえんである。

二、『おくのほそ道』諸本の成立と底本

『おくのほそ道』の信頼すべき諸本に、①芭蕉自筆本（中尾本）、②曽良本、③素龍清書本（西村本）、④素龍筆別本（柿衛《かきもり》本）がある。

その執筆時期については、古くは元禄三年（一六九〇）四月から約三か月の間、つまり近江の幻住庵に滞在していた時期に草稿が書かれたとか、翌年の落柿舎《らくししゃ》滞在中に構想が練られたと言われてきた。

だが、平成八年に芭蕉自筆本が再発見されると、その装幀などから、この自筆本は元禄六年（一六九三）に完成稿を意図して書き始められたが、書き進むにつれて推《すい》敲《こう》の必要にせまられ、多くの貼紙訂正をほどこす結果になったと判断された。曽良本はその自筆本を他者に書写させたものだが、そこにはさらなる加筆・修正がほどこされ、芭蕉の厳しい彫琢《ちょうたく》の意志がうかがわれる。

芭蕉はその曽良本を能書家の素龍に清書させ、みずから「おくのほそ道」と表題を書いて、やがてそれを携えて最後の旅に出た。だが、曽良本と素龍清書本の間にも少なからず異同があって、それが芭蕉自身の指示によるものか、あるいは書写を請け負った素龍の主体的な解釈や誤解によるものかについては判断の困難な現状にある。よって今後の『おくのほそ道』は、曽良本と素龍清書本の二本が併立して読まれるものと思われる。

こうした経緯を踏まえて、本書ではもっとも長く読まれてきた素龍清書本を底本とし、内容理解に関わる曽良本との異同についてのみ脚注の語釈欄に示した。

三、本書の構成と内容

『おくのほそ道』は武蔵・下野《しもつけ》・陸奥《むつ》・出羽・越後・越中・加賀・越前・美濃《みの》の九か国をめぐる紀行である。この諸国が作品に占める文章量の比率は、それぞれ武蔵5%・下野14%・陸奥33%・出羽20%・越後1%・越中5%・加賀9%・越前11%・美濃2%である。すなわち、陸奥・出羽に費される文章が『おくのほそ道』全体の半分以上を占めている。これは深川出庵の章に「春立てる霞の空に白河の関こえん」「松嶋の月先づ心にかゝりて」と書

き、日光山の章に「このたび松しま・象潟《きさがた》の眺め共にせん」とある通り、『おくのほそ道』が陸奥・出羽を訪ねる旅であったことを裏付ける。

本書は章段名を地名によって命名した。それを諸国別に示せば次の通りである。ただし、市振《いちぶり》は越後国とするのが正しいが、ここは芭蕉の文脈に従って越中国に含めた。

武蔵国〔深川出庵、千住、草加〕
下野国〔室《むろ》の八島《やしま》、日光山、那須野、黒羽、雲巌寺、殺《せっ》生石《しょうせき》・遊行柳《ゆぎょうやなぎ》〕
陸奥国〔白河の関、須賀川、安積《あさか》山・信夫《しのぶ》の里、飯塚の里、笠島、武隈《たけくま》の松、宮城野、壺《つぼ》の碑《いしぶみ》、末の松山・塩竈《しおがま》の浦、塩竈明神、松島、瑞巌寺、石巻《いしのまき》、平泉、尿前《しとまえ》の関〕
出羽国〔尾花沢、立石寺《りゅうしやく》、最上川、出羽三山、鶴岡・酒田、象潟《きさかた》〕
越後国〔越後路〕
越中国〔市振、那古《なご》〕
加賀国〔金沢、小松、那谷《なた》寺、山中温泉、全昌寺〕
越前国〔汐越の松、天龍寺・永平寺、福井、敦賀、色の浜〕
美濃国〔大垣〕

『おくのほそ道』の表現は対句的な文体によって律動感を作り出し、省略による簡潔な文体によって読者の想像力を刺激し、縁語・掛詞的な修辞によって和歌伝統に遊び、擬人法を駆使《くし》して読者の五感を働かせることなどを特色とする。

一方、その内容を概観すれば、まず下野の室の八島で同行の曽良に歌枕を定義させ、日光山で仏道を鑽仰《さんぎょう》し、那須野で可憐な小娘や馬子に行きかい、白河の関、つまり歌枕の宝庫である陸奥の入口へたどり着く。その後は西行思慕をかいま見せながら、松島にかけて古歌にゆかりの地をめぐり、飯塚の里あたりからは、ところどころに義経伝承という主題を織り込んで、奥州藤原氏の栄枯盛衰をしのぶ平泉への伏線を敷いてゆく。出羽においては立石寺や羽黒山・月山・湯殿山において強烈な仏道体験を果たし、最上川下りを経て酒田から象潟の入江に遊んで当初の旅の目的を達成する。越後からは金沢を目的地と定めて、門人の早世に涙するが、その前後には牽牛《けんぎゅう》と織女の逢瀬を詠い、遊女の境遇に心をいため、門人知己との出会いと別れを繰り返すなど、冒頭の深川出庵における「行きかふ」という思想に要約された、たくさんの佳品を散りばめている。

四、『おくのほそ道』と連句

『おくのほそ道』深川出庵の章は、隅田川を舟で旅立つために草庵を出て、門人杉風の別荘に移るまでを描き、

住める方は人に譲り、杉風が別墅《べつしよ》に移るに、

草の戸も住替《すみかは》る代《よ》ぞひなの家

面《おもて》八句を庵の柱に懸置《かけお》く。

と結ばれている。「面八句」は百韻《ひやくいん》という古式の連句（俳諧）における序章部分の句数で、それは懐紙の「初折のオモテ」と呼ばれる第一頁に記録される。つまり『おくのほそ道』に描かれる旅人芭蕉は、俳人（俳諧師）として旅立つ覚悟のほどを、古式の連句に則《のつと》るかたちで表明し、古人の例にならってその八行詩を柱に掛けて草庵を後にした。その最初の句を発句といい、「草の戸も」の一句がそれにあたる。

深川を出立して一か月ほどが過ぎた四月の下旬（陽暦六月初旬）、芭蕉は同行の曽良と白河の関を越えて、須賀川の宿駅に等窮《とうきゆう》という旧い友人を訪ねる。彼は俳諧師芭蕉への挨拶として「白河の関いかにこえつるや」と問答を仕掛ける。芭蕉はそれに応えて「長途《ちやうど》のくるしみ身心つかれ、且《かつ》は風景に魂うばゝれ、懐旧に腸《はらわた》を断ちて」思うように句を詠むことはできなかったと謙遜しつつ、

風流の初《はじめ》やおくの田植うた

という発句を披露する。これは等窮から高い評価を得ることになり、「脇・第三とつゞけて、三巻となしぬ」と本文にある。

念願の松島にたどり着いたのは五月の初旬（陽暦六月下旬）、そののち平泉を経て出羽国に入った芭蕉は、尿前の関、尾花沢、立石寺をめぐる。そして六月初旬（陽暦七月中旬）に最上川を下るという展開になるのだが、舟下りする前の五月下旬は船着き場のある大石田に三日間の滞在をした。土地の人の話では、この地には古くから連句がおこなわれて人々の暮らしを豊かにしてきたが、今は古風・新風入り交じって進むべき道に迷っているという。そこで芭蕉は進むべき道を示すべく「わりなき一巻」を残した。その発句・脇・第三は次の通り。

さみだれをあつめてすゞしもがみ川　芭蕉
岸にほたるを繋ぐ舟杭　一栄
瓜ばたけいざよふ空に影まちて　曽良

客人である芭蕉が発句を担当し、〈大石田の地が最上川の豊かな流れのおかげで、いかにも涼しい〉と挨拶すると、主催者の一栄という地元俳人が、芭蕉を蛍に、自分を舟をつなぐ杭になぞらえ、〈芭蕉主従に旅の宿を提供できて光栄である〉という気持ちを脇句にこめる。第三は曽良の順番で、前句の岸辺の景色に続く瓜畑を描いて、涼しげな夏の月を待つ人物を点出させている。

このように、連句とは五・七・五の十七音から成る長句と、七・七の十四音から成る短句を一定の法則によって交互につないでゆくもので、すでに例示したように、最初の長句を発句、二句目の短句を脇句、三句目の長句を第三と呼ぶ。

こうして作者をかえて四句目、五句目と長句・短句が交互に展開し完結をめざすが、特に四句目以降は一括して平句といい、最後の短句は挙句（揚句）と呼ばれる。

連句はこの発句から挙句までを一巻として、通例では複数の人が参加して共同で完成させる。一巻は句数によって数種類の様式があるが、芭蕉には「草の戸も住替《すみかは》る代《よ》ぞひなの家」の場合のような百韻は少なく、三十六句で終わる「歌仙」という形式がほとんどである。

その後、本合海《もとあいかい》で舟に乗って最上川を下った芭蕉は、清川で上陸し、出羽三山巡礼をめざす。その章段は「六月三日、羽黒山に登る。圖司《ずし》左吉と云ふ者を尋ねて、別当代會覚阿闍利《えがくあじやり》に謁す。南谷の別院に舎して、憐愍《れんみん》の情こまやかにあるじせらる」と始まり、左吉も交えて、四日には「本坊にをゐて誹諧興行」を行なっている。本文に掲げる、

有難《ありがた》や雪をかほらす南谷

という句は、その連句の際の発句にほかならない。

このように、芭蕉がこの元禄二年の旅の途次に巻いた連句は、『おくのほそ道』本文にないものを含めると、三十七点ほど遺されている。『おくのほそ道』が連句実践の旅でもあったことがうかがい知れるとともに、作者が入れ替わりつつ展開する連句も、「行きかふ」という芭蕉の人生把握と通い合う世界であることは注意されてよい。

ま行

や行

ら行

索引

＊『おくのほそ道』本文および参考和歌の地名・人名・社寺名を見出し項目とした。

あ行

か行

さ行

久富哲雄（ひさとみ・てつお）

1926年（大正15）6月、山口県防府市生まれ。東京大学文学部卒業、同大学院修了。国文学（近世俳文芸）専攻。東京都立目黒高等学校教諭、鶴見大学女子短期大学部教授（東洋大学短期大学・学習院大学・聖心女子大学・昭和女子大学等の非常勤講師兼務）を経て、鶴見大学名誉教授。2007年8月17日 逝去。
著書に『詳考奥の細道 増訂版』（日栄社）『おくのほそ道全訳注』（講談社学術文庫）『奥の細道の旅ハンドブック』（三省堂）『おくのほそ道論考―構成と典拠・解釈・読み』『芭蕉 曽良等躬―資料と考察―』『芭蕉追跡―探訪と資料』（以上、笠間書院）ほか。

編集および解説
谷地快一（たにち・よしかず）

1948年5月、北海道芦別市生まれ。現在、東洋大学文学部教授。

編集協力
山田喜美子（やまだ・きみこ）

写真で歩く奥の細道

2011年3月27日　第1刷発行
2014年9月30日　第2刷発行

著　者―久富哲雄

発行者―株式会社 三省堂 代表者 北口克彦

発行所―株式会社 三省堂
〒101-8371 東京都千代田区三崎町二丁目22番14号
電話 編集（03）3230-9411　営業（03）3230-9412
振替口座　00160-5-54300
http://www.sanseido.co.jp/

印刷所―三省堂印刷株式会社
ＤＴＰ―株式会社エディット

落丁本・乱丁本はお取替えいたします

Printed in Japan
〈写真で歩く奥の細道・136pp.〉
ISBN978-4-385-36507-7